大家的自然發音

1本就通！
15個字
搞定英文發音

ERIKO YORINO 賴野えりこ｜著　　COOPER LEE 李友彥｜譯

全音檔下載
導向頁面

https://globalv.com.tw/mp3-download-9786269916016/

全書MP3一次下載為ZIP壓縮檔，部分智慧型手機須安裝解壓縮程式方可開啟，
iOS系統請升級至iOS13以上。
此為大型檔案，建議使用WiFi連線下載，以免占用流量，
並請確認連線狀況，以利下載順暢。

INTRODUCTION

運用教授超過 5,000 名學生的實際經驗，歸納出最快速的英文發音學習法！

市面上教授英文發音的學習書眾多，感謝你選擇了本書。

現在拿著這本書的你，也許對自己的英文發音不太有信心，也或許曾因發音不好而感到挫敗，甚至覺得丟臉吧。

其實，我自己也有過這樣的經驗。

記得我在剛上大學時，第一次到了澳洲的寄宿家庭，當時我和家人一邊喝著紅茶，一邊說了句「It's warm!（紅茶真溫暖！）」，結果大家都驚訝地看著我說「什麼？」，讓當時的我覺得非常奇怪。後來才發現，原來我把「warm（溫暖的）」的音發成了「worm（蟲）」，所以大家誤以為我說的是「紅茶裡有蟲」。

如果犯的錯只是讓你鬧了個笑話的話，那還沒關係，

但有時卻可能會造成嚴重的誤解。

當別人對你說「我聽不懂你在說什麼」這種話時，你的發音問題就會在你心中築起一道無形的學習障礙之牆。想要避免發生這種情況，關鍵在於必須擁有使用「聽得懂」的發音來表達自己的能力。

是否能夠順利表達出自己想說的話，並在溝通過程中充滿自信又得到樂趣，還是會因為無法溝通而對英文心懷畏懼，都取決於你的「發音」。

　　我目前除了在學校教課，也自己開課教英文，至今已指導了超過 5,000 名的學生，學生年齡層從兒童到成年人都有，我上課時特別注重的即是英文的發音。

　　這本書整合了我至今所擁有的全部教學經驗及知識，我想利用這本書將我在教學過程中所發現的重點以及最精華的部分，一次全部告訴你。

　　對了，除了英文之外，我也能使用德語和瑞典語等數種語言，並在過程中親身體會到發音的重要性。總之，想要掌握一個語言，最重要的就是發音。

只需要做 15 個單字的訓練，
你就能掌握會出現在英文單字裡的 42 個基本發音

　　這本書想要告訴你的是在學校裡學不到的英文發音方法。為此書中採用了許多巧妙的設計。其中最重要的設計便是，

將英文發音所需的 42 個基本發音，濃縮至 15 個單字之中

透過這 15 個單字來呈現所有的基本發音。

無論是在網路上還是實體書店裡，我們都經常能看到一些藉由辨認音標來學習發音的書籍。如果你是想系統性地逐步學習發音之道，那麼這類書籍或許會對你有所幫助。

　　但是，我並不是要教你「系統性地學習」發音，也不是要用學術的角度來「學習語音學」（複雜的理論我來學就好）。

「能夠順暢溝通、聽得懂」的發音

才是我希望你在靈活運用這本書後所獲得的成果。

　　因此，本書不要求你要先學會音標才開始學發音，而是直接就從這 15 個單字開始學。

這 15 個單字不僅能讓你奠定發音基礎，
還都是日常對話中的常用字彙。

　　我參考著過去的教學經驗，精心挑選了既適合用來練習發音，又實用的單字。

　　這 15 個單字都是練習英文發音的「捷徑」，練習再多遍都絕對值得！

　　每個 Chapter 的最後，都設計了一個專欄，讓你專門練習將這些單字，實際運用於日常對話般的例句之中。單純練習發音可能會讓人覺得枯燥無味，但若你能想像自己在各個情境下，實際運用這些例句與母語人士流利對話，練習起來就會更有樂趣。

因為「掌握能讓人聽懂的發音」只是我們達成最終目標的前提，所以就讓我們透過想像實際使用的情境來提升學習動力吧。

英語系國家的孩子們所使用的工具與語音學的精華相結合

你應該有聽過「自然發音法（phonics）」吧？

「自然發音法」是一種為了讓身處英文母語環境中的孩子們，能夠將讀音與拼寫方式對應起來記住，而開發出來的一種學習方法。

由於孩子們身處於英文母語的環境之中，所以他們當然一整天都會不間斷地從耳朵裡接收到英文，自然而然就會記住英文的發音和意思，不過，拼寫方式仍然需要刻意去學習。這時，自然發音法就派上用場了。

自然發音法當然也能加強英文學習者的發音能力。這是在英語環境中長大的孩子們，專門為了學習字母與發音之間的關係所使用的工具，你應該要好好利用。方便好用的東西，我們就要一直好好使用下去。

在此同時，語音學（音標）的知識也是不可或缺的。本書雖然不會詳細解釋語音學，但這是一門專門研究發音的學問，所以也有助於掌握發音。

本書正是這樣一本結合「自然發音」與「語音學」精華重點的發音學習書。

正如我前面所說的,你不需要刻意去學自然發音法的規則或語音學的專業知識,這些複雜的理論交給我處理就行了。

你只要善加運用本書,輕鬆提升發音能力即可。

在本書中,我將透過我在 教學中實際用過且證明有效的練習方法 ,介紹自然發音法與語音學的基本理論。此外,我也會根據我多年來的教學經驗,

針對一般學習者的「發音習慣」進行深入解說。

我相信這些內容對你一定會有幫助。除此之外,本書還額外介紹了 一些實用的知識與學習技巧 ,希望可以讓你在學習時當作參考。

此外,為了讓從初學者開始的所有學習者都能順利地大量練習實際的英文發音,本書特別使用 KK 音標來輔助標音。

在不知道如何發音的情況下
無法有效率地練習會話、背誦文法及單字

大多數人可能在學校學了六到十二年的英文,但從現實情況來看,依然有很多人無法真正「使用」這門語言。

其中一個原因,就是大家沒有在學校裡真正學會如何正確發音。

在台灣學校裡上英文課時，老師在課堂上不會花太多時間教發音，也不會特別講解發音規則及音標標記的方式。但事實上，**在不了解正確發音方法的情況下，就算不斷反覆練習情境對話或學習片語和單字，效果也會非常有限**。會有這種情形，是因為

「連自己都不會唸的讀音（無論是單字、片語還是句子），當然也不可能聽得懂」

的關係。

　　本書是按照能讓學習者更加意識到發音與拼寫間關係的設計來編排。
　　這樣的編排設計，能夠讓大家在學習的過程中，避免落入羅馬拼音的誤區，也能擺脫「為什麼會這樣拼？」的困惑。
　　舉個例子，你是否曾對「know（知道）」的拼寫與發音方式感到疑惑不解呢？是不是因為不明白為什麼拼成這樣卻唸成那樣，而只能選擇用硬背的方式記下來呢？

了解發音與拼寫之間的關係，可以讓你擺脫這種只能死記硬背的困境。

而且，在了解兩者間的關係後，

一看就能讀得出來的單字會不斷增加，而閱讀能力也會隨之提升。

在進行發音練習的同時，特別留意發音與拼寫間的關聯性，不只英文發音會進步，其他的英文能力也會顯著提升。

只要方法正確，發音精準是任何人都能掌握的能力。這項能力與你在學生時期拿到多少英文分數完全無關。

和英文文法或單字不同，只要學會「42 個基本發音」，**英文發音就學完了**。只要能夠掌握這 42 個音就夠了，而且在本書中，各位只需要運用 15 個單字來練習就能達成目標。

透過提升發音能力來提高整體英文實力，這是非常有效率又有效果的學習方法。

我是這樣認為的。

英文聽力不好，
是因為「不懂正確發音」。
這並不是你的錯！

如果對自己的英文發音沒自信，那麼你的英文聽力應該也不會太好。再重申一次：「連自己都不會唸的讀音，當然也不可能聽得懂」。

另外,「英文聽力不好」的原因並不是因為「沒有天賦」或「沒有養成英語耳」。

英文聽力之所以不好,單純只是因為「不懂正確發音」。

就是這樣。

另一方面,有些人可能會遇到「邊聽英文的音檔、邊看錄音稿,卻還是聽不懂」的情況。然而,會發生這種情形並不是你的錯!

因為母語人士的發音,與你自己習慣的發音方式不同,導致你在聽的時候無法立即反應,自然就聽不懂他們所說的英文了。

原因在此的可能性很高。

對發音(或開口說英文)沒有自信或聽不懂,不一定真的是因為你的英文程度不夠。

有可能只是因為你不了解一些發音規則或原理而已。只要搞懂了,就能進步。沒有必要過度苛責自己。

就讓我們透過本書,了解發音的原理,輕鬆掌握「能夠聽得懂的發音」吧。

頼野えりこ

CONTENTS

INTRODUCTION ········ 002

本書使用的練習單字及發音一覽 ········ 014

本書構成與使用方式 ········ 015

CHAPTER 1　awesome　018
- LESSON 1　[ɔ] ········ 019
- LESSON 2　[s] ········ 021
- LESSON 3　[ə] ········ 023
- LESSON 4　[m] ········ 025

CHAPTER 2　young　028
- LESSON 1　[j] ········ 029
- LESSON 2　[ʌ] ········ 031
- LESSON 3　[ŋ] ········ 033

CHAPTER 3　coach　036
- LESSON 1　[k] ········ 037
- LESSON 2　[o] ········ 039
- LESSON 3　[tʃ] ········ 041

CHAPTER 4
value
044

- LESSON 1 [v] 045
- LESSON 2 [æ] 047
- LESSON 3 [l] 049
- LESSON 4 [ju] 051

CHAPTER 5
indeed
054

- LESSON 1 [ɪ] 055
- LESSON 2 [n] 057
- LESSON 3 [d] 059
- LESSON 4 [i] 061

CHAPTER 6
forward
064

- LESSON 1 [f] 065
- LESSON 2 [ɔr] 067
- LESSON 3 [w] 069
- LESSON 4 [ɑr(ɚ)] 071

CHAPTER 7
hundred
074

- LESSON 1 [h] 075
- LESSON 2 [r] 077
- LESSON 3 [ɛ(ə)] 079

CHAPTER 8
problem
082

- LESSON 1 [p] 083
- LESSON 2 [ɑ] 085
- LESSON 3 [b] 087

CHAPTER 9
rejoice
090

- LESSON 1 [dʒ] ········ 091
- LESSON 2 [ɔɪ] ········ 093

CHAPTER 10
engaged
096

- LESSON 1 [g] ········ 097
- LESSON 2 [e] ········ 099

CHAPTER 11
leadership
102

- LESSON 1 [ɚ] ········ 103
- LESSON 2 [ʃ] ········ 105

CHAPTER 12
smooth
108

- LESSON 1 [u] ········ 109
- LESSON 2 [ð] ········ 111

CHAPTER 13
zenith
114

- LESSON 1 [z] ········ 115
- LESSON 2 [θ] ········ 117

CHAPTER 14 certified
120

LESSON 1 [t] ……… 121
LESSON 2 [aɪ] ……… 123

CHAPTER 15 outlook
126

LESSON 1 [aʊ] ……… 127
LESSON 2 [ʊ] ……… 129

讓英文更好懂的發音方法 ……………………………… 133
小試身手 ……………………………………………… 155
發音一覽表：子音與母音 ……………………………… 170
發音一覽表：字母順序 ………………………………… 172
後記 …………………………………………………… 174

本書使用的練習單字及發音一覽

本書中涵蓋的發音共有 42 個,我們將這些音稱為「英文 42 個基本發音」。不同的字典對於發音的音標標記方式可能有所不同,本書以美式發音為優先標音基準,幫助讀者掌握 42 個基本發音的概念。

CHAPTER	單字		發音					
1	awesome	[ˋɔsəm]	ɔ	s	ə	m		
2	young	[jʌŋ]	j	ʌ	ŋ			
3	coach	[kotʃ]	k	o	tʃ			
4	value	[ˋvælju]	v	æ	l	ju		
5	indeed	[ɪnˋdid]	ɪ	n	d	i	d	
6	forward	[ˋfɔrwɚd]	f	ɔr	w	ɚr (ɚ)	d	
7	hundred	[ˋhʌndrəd]	h	ʌ	n	d	r	ɛ (ə)	d
8	problem	[ˋprɑbləm]	p	r	ɑ	b	l	ə	m
9	rejoice	[rɪˋdʒɔɪs]	r	ɪ	dʒ	ɔɪ	s	
10	engaged	[ɪnˋgedʒd]	ɪ	n	g	e	dʒ	d
11	leadership	[ˋlidɚʃɪp]	l	i	d	ɚ	ʃ	ɪ	p
12	smooth	[smuð]	s	m	u	ð		
13	zenith	[ˋzinɪθ]	z	i	n	ɪ	θ	
14	certified	[ˋsɝtəˏfaɪd]	s	ɝ	t	ə	f	aɪ	d
15	outlook	[ˋaʊtˏlʊk]	aʊ	t	l	ʊ	k	
LESSON +	x	[ks]	➡ p.38					
	qu	[kw]	➡ p.70					
	s	[ʒ]	➡ p.106					

本書構成與使用方式

本 書 構 成

- **CHAPTER**：每章介紹一個英文單字,透過總共 15 個 CHAPTER 的 15 個單字來練習,就能掌握英文發音的 42 個基本發音。
- **讓英文更好懂的發音方法**：介紹單字與單字間串連發音的各種方式,以及單字成句時的發音變化,亦附有音檔供練習。
- **小試身手**：請善加利用透過本書所學到的知識,思考拼寫與發音之間的關係,完成後可運用書中所附的母語者發音音檔來確認正確發音。
- **發音一覽表**：將英文的基本發音整理成表格,有助於加深學習者對基本發音的理解。

※部分會使用注音符號來標記發音,請單純做為發音的參考就好。不同的辭典和學習書會使用不同的發音標記符號,這點對於正在學習發音的學習者來說是一個不小的障礙。本書在傳授發音基礎時,會避免過於細分、力求簡單,並使用 KK 音標符號來標記。

各 章 節 的 使 用 方 式

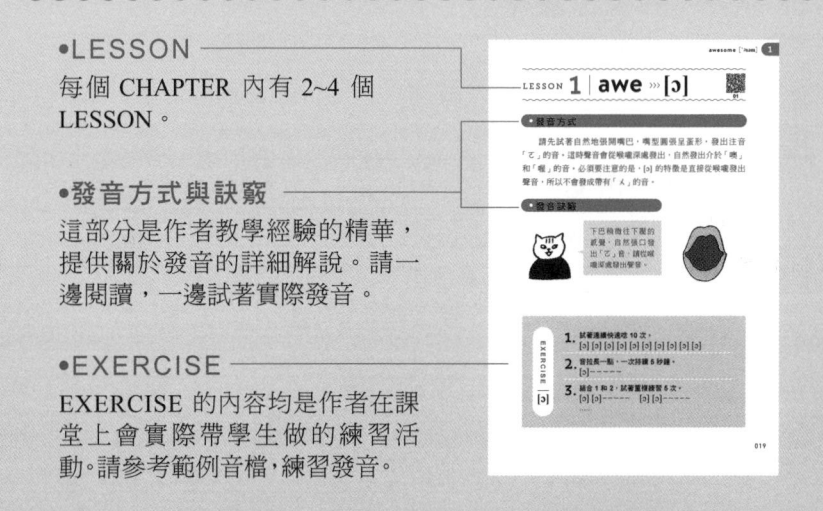

- **LESSON**
  每個 CHAPTER 內有 2~4 個 LESSON。

- **發音方式與訣竅**
  這部分是作者教學經驗的精華,提供關於發音的詳細解說。請一邊閱讀,一邊試著實際發音。

- **EXERCISE**
  EXERCISE 的內容均是作者在課堂上會實際帶學生做的練習活動。請參考範例音檔,練習發音。

015

● 內有該發音的單字
介紹一些內有相同發音的單字。請多聆聽音檔並反覆練習,熟練發音。建議使用手機的錄音功能,把自己的發音錄下來,確認是否有進步。

● 重點提示＋
介紹內有相同發音,但拼寫方式不同的單字,或是拼寫方式相同卻發音不同的單字,並說明應注意的發音規則與相關知識,實用又有幫助。

● 運用該 CHAPTER 單字的例句
每個 CHAPTER 的最後都有一個練習專欄,收錄有用到該 CHAPTER 單字的句子,可以利用這些句子來練習這些單字的發音,並透過想像自己正在與母語者對話來反覆練習。

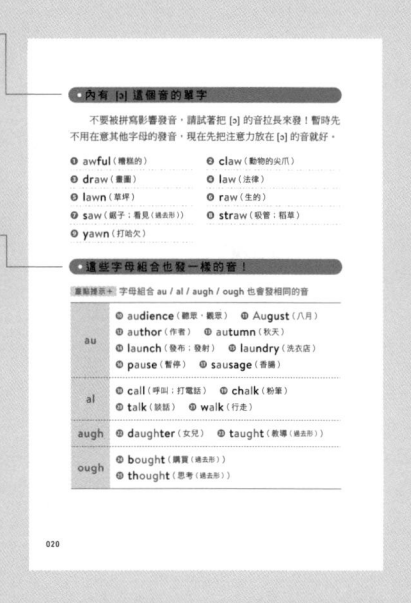

關於音檔

音檔有兩種收聽方式可供選擇。

1. 掃描 QR 碼聽音檔
掃描書頁上的 QR 碼,便能透過可上網的智慧型手機或平板裝置來播放音檔。

2. 下載到電腦收聽
請掃描本書第一頁的全書下載音檔 QR 碼,或者利用 QR 碼下方網址到網站下載本書全書音檔。(全書音檔為壓縮檔,請自行安裝解壓縮軟體)

> 目前,台灣境內所使用的英語教材、各類檢定及入學考試的聽力音檔,以及大部分的英語教育節目內容,多以美式英文錄製,為配合學習環境,本書所授內容亦以美式發音為主。

LET'S GET STARTED!

掌握42個
基本發音

CHAPTER 1

awesome

[ˋɔsəm]

LESSON 1 [ɔ]　LESSON 2 [s]　LESSON 3 [ə]

LESSON 4 [m]

　　awesome 的意思是「很棒、很厲害！」。這個字源自 awe（畏懼，敬畏），最初用來形容「令人感到敬畏的崇高事物」。現在這個字被廣泛用於描述人、事物或情況，相當常見。只要掌握這個字的發音，就能在對話中更加清楚地聽到這個字的出現。現在就從學好這個字的發音開始吧！

awesome [ˈɔsəm]

LESSON 1 | awe ››› [ɔ]

● 發音方式

請先試著自然地張開嘴巴，嘴型圓張呈蛋形，發出注音「ㄛ」的音。這時聲音會從喉嚨深處發出，自然發出介於「噢」和「喔」的音。必須要注意的是，[ɔ] 的特徵是直接從喉嚨發出聲音，所以不會發成帶有「ㄨ」的音。

● 發音訣竅

下巴稍微往下壓的感覺，自然張口發出「ㄛ」音，請從喉嚨深處發出聲音。

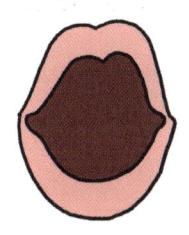

EXERCISE [ɔ]

1. 試著連續快速唸 10 次。
[ɔ] [ɔ] [ɔ] [ɔ] [ɔ] [ɔ] [ɔ] [ɔ] [ɔ] [ɔ]

2. 音拉長一點，一次持續 5 秒鐘。
[ɔ]━━━━━

3. 結合 1 和 2，試著重複練習 5 次。
[ɔ] [ɔ]━━━━━　[ɔ] [ɔ]━━━━━
……

內有 [ɔ] 這個音的單字

不要被拼寫影響發音,請試著把 [ɔ] 的音拉長來發!暫時不用在意其他字母的發音,現在先把注意力放在 [ɔ] 的音就好。

❶ awful(糟糕的)　　　❷ claw(動物的尖爪)
❸ draw(畫圖)　　　　❹ law(法律)
❺ lawn(草坪)　　　　❻ raw(生的)
❼ saw(鋸子;看見(過去形))　❽ straw(吸管;稻草)
❾ yawn(打哈欠)

這些字母組合也發一樣的音!

重點提示+ 字母組合 au / al / augh / ough 也會發相同的音

au	❿ audience(聽眾,觀眾)　⓫ August(八月) ⓬ author(作者)　⓭ autumn(秋天) ⓮ launch(發布;發射)　⓯ laundry(洗衣店) ⓰ pause(暫停)　⓱ sausage(香腸)
al	⓲ call(呼叫;打電話)　⓳ chalk(粉筆) ⓴ talk(談話)　㉑ walk(行走)
augh	㉒ daughter(女兒)　㉓ taught(教導(過去形))
ough	㉔ bought(購買(過去形)) ㉕ thought(思考(過去形))

awesome [ˈɔsəm]

LESSON 2 | s ⟫ [s]

● 發音方式

[s] 是從齒間發出的音。上下排牙齒併合，然後吐氣發出類似注音「ㄙ」的音。在你慢慢吐氣時，就可以感受到氣流通過所發出的微弱嘶嘶聲。舌頭放鬆、放在下排前牙的後面。注意不要截斷氣流，要讓氣流順暢通過舌頭。[s] 音僅是氣流在通過時所產生的摩擦聲，不是真實發聲，在練習時可以觸摸自己的喉嚨確認，喉嚨沒有震動的話就表示發音方式正確。

● 發音訣竅

發音時嘴巴的形狀不是圓的，請一邊注意嘴型，一邊感受氣流通過的感覺。

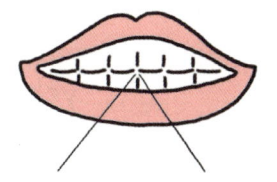

EXERCISE [s]

1. 試著連續快速唸 10 次。
[s] [s] [s] [s] [s] [s] [s] [s] [s] [s]

2. 音拉長一點，一次持續 5 秒鐘。
[s]－－－－－

3. 結合 1 和 2，試著重複練習 5 次。
[s] [s]－－－－　　[s] [s]－－－－
……

021

● 內有 [s] 這個音的單字

發 [s] 音時，請注意舌頭要放鬆，小心不要發成類似注音「ㄕ」的音了。現在我們先不要在意其他字母的發音，只把重點放在 [s] 的音上。

❶ **s**ea（海）　　　　　　❷ **s**ick（生病的）
❸ **s**ky（天空）　　　　　❹ **s**ong（歌曲）
❺ whi**s**per（說悄悄話）　❻ plu**s**（加上；附加）

● 這些字母組合也發一樣的音！

重點提示＋ 字母組合 ss / sc / ps / st / ce / se 也會發相同的音

ss	❼ blo**ss**om（開花；生長茂盛）　❽ le**ss**（更少的）
sc	❾ **sc**ene（場景）　❿ **sc**ience（科學）
ps	⓫ **ps**ychic（精神的）　⓬ **ps**ychology（心理學）
st	⓭ ca**st**le（城堡）　⓮ li**st**en（聆聽）
ce	⓯ dan**ce**（舞蹈）　⓰ pa**ce**（步態；步速）
se	⓱ cour**se**（路線）　⓲ hor**se**（馬）

重點提示＋＋ 字母 c 和 s 也會發相同的音？

字母 c 後面緊接 e、i 或 y 時，發音會變成 [s] 的音。

⓳ **c**enter（中心）　　　⓴ pea**c**e（和平）
㉑ **c**ity（城市）　　　　㉒ bi**c**ycle（腳踏車）

awesome [ˈɔsəm]

LESSON 3 | o ››› [ə]

發音方式

　　在發 [ə] 的音時，請特別注意「不要太用力大聲發音」。發音時，整張臉放鬆、下巴關節自然向下，接著嘴巴微微張開，從喉嚨輕輕發出類似注音「ㄜ」的音。[ə] 音在英文裡被稱為「schwa」或「中央母音」，[ə] 在各個單字的發音中，就像是存在感很低的配角（但不能沒有）。[ə] 是英文發音裡使用頻率最高的母音之一，掌握 [ə] 音的正確發音方式，就可以讓你的發音更自然。

發音訣竅

嘴巴半開，關鍵在於要「放鬆地」發音，總之不要用力，請試著用慵懶放鬆的態度來發這個音。

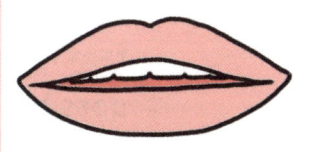

EXERCISE [ə]

1. 試著連續快速唸 10 次。
[ə] [ə] [ə] [ə] [ə] [ə] [ə] [ə] [ə] [ə]

2. 音拉長一點，一次持續 5 秒鐘。
[ə]-----

內有 [ə] 這個音的單字

為了讓重音節裡的母音更加清晰易辨，待在非重音節裡的母音就要輕輕地發音。其中，[ə] 就是出現頻率非常高的母音。任何母音的修正音都可能會是 [ə]，換句話說，任何母音字母（組合）都可能會發成 [ə]，且 [ə] 只會出現在非重音節之中。下面將介紹五個母音字母發成 [ə] 音的例子。

a	❶ about [ə`baʊt]（關於） ❷ banana [bə`nænə]（香蕉） ❸ sofa [`sofə]（沙發）
e	❹ children [`tʃɪldrən]（孩子（複數形）） ❺ moment [`momənt]（片刻） ❻ even [`ivən]（甚至；連）
i	❼ definitely [`dɛfənɪtlɪ]（明確地；肯定地） ❽ family [`fæməlɪ]（家庭） ❾ possible [`pɑsəb!]（有可能的） ❿ rabbit [`ræb(ɪ)ət]（兔子）
o	⓫ famous [`feməs]（有名的） ⓬ history [`hɪstərɪ]（歷史） ⓭ method [`mɛθəd]（方法） ⓮ nervous [`nɝvəs]（緊張的） ⓯ today [tə`de]（今天）
u	⓰ autumn [`ɔtəm]（秋天） ⓱ support [sə`port]（支持）

awesome [ˋɔsəm]

LESSON 4 | me ››› [m]

● 發音方式

在嘴巴閉合的狀態下，發出接近注音「ㄇ」的音，特別注意上下唇要緊密閉合的這個重點。當單字的尾音出現「m」時，上下唇要先緊密閉合，接著才輕輕鬆開緊閉的唇。在這種情況下，可以將鬆口的動作視為「m」的發音。[m] 的音和注音「ㄇ」的起音完全相同，但 [m] 當作尾音時，不會像做為聲母的「ㄇ」一樣帶有「ㄜ」的音。

● 發音訣竅

緊閉嘴巴，感受聲音在鼻子裡的共鳴，發出的聲音稍微短一些也 OK！

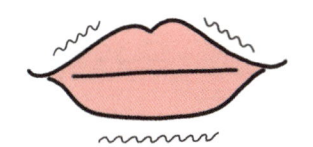

EXERCISE [m]

1. 試著連續快速唸 10 次。
[m] [m] [m] [m] [m] [m] [m] [m] [m] [m]

2. 音拉長一點，一次持續 5 秒鐘。
[m]━━━━━

3. 結合 1 和 2，試著重複練習 5 次。
[m] [m]━━━━━　[m] [m]━━━━━……

025

● 內有 [m] 這個音的單字

1. comfort（舒適；安慰）
2. form（型式；表格）
3. hamburger（漢堡）
4. member（成員，會員）
5. menu（菜單）
6. mom（媽媽）
7. number（數字，編號）

> 放在單字開頭的 m 和當尾音的 m 發出的 [m] 音不太一樣哦。

● 這些字母組合也發一樣的音！

重點提示＋ 字母組合 mm / mb / mn / me 也會發相同的音

mm	8. common（共通的；普通的） 9. summer（夏天）
mb	10. climb（攀登） 11. womb（子宮） 12. comb（扁梳） 13. thumb（大拇指） 14. limb（肢，四肢）
mn	15. autumn（秋天） 16. column（圓柱；專欄） 17. condemn（責備） 18. solemn（莊嚴的） 19. hymn（讚美詩）
me	20. come（到來） 21. volume（數量；冊） 22. game（遊戲） 23. name（名字）

SAY! [awesome]

　　前面我們已經學過正確的發音了,現在就練習把這些發音串連起來說説看吧。請試著將 [ɔ]、[s]、[ə] 和 [m] 這四個音連接起來發音看看吧。

❶ [ɔ] + [s] = 聽起來像「乙ㄙ」。

❷ [ɔ] [s] + [ə] = 聽起來其實幾乎感覺不到有 [ə] 的存在。

❸ [ɔ] [s] [ə] + [m] = 這就是 awesome 的正確發音!

現在就來練習有用到 awesome 的一些例句吧。

1. Awesome!(太棒了!)
2. You are awesome!(你太棒了!)
3. You look awesome today!(你今天看起來很棒!)
4. The party was awesome!(那場派對超棒的!)
5. My aunt is an awesome cook.(我阿姨超會做菜的。)
6. It's awesome that you passed the exam.
   (你通過考試真是太棒了。)
7. A: Let's go to Europe this summer!
   　(我們今年夏天去歐洲吧!)
   B: That sounds awesome!(聽起來很讚!)
8. We had an awesome time at the concert.
   (我們在演唱會上玩得超開心。)
9. There are a lot of awesome spots in Japan.
   (日本有很多很棒的景點。)
10. It's absolutely awesome weather today.
    (今天天氣真是超讚的。)

CHAPTER 2
young
[jʌŋ]

LESSON 1 [j]　LESSON 2 [ʌ]　LESSON 3 [ŋ]

「young」是個形容詞，意思是「年輕的；年幼的；未成年的；有活力的；青春期的」。我們在這一章節中將會學到三個英文裡的獨特發音 [j]、[ʌ]、[ŋ]。

young [jʌŋ] 2

LESSON 1 | y ⟫ [j]

● 發音方式

[j] 的發音聽起來類似注音「ㄧ」音唸成輕聲的感覺，但尾音聽起來會帶有注音「ㄝ」的音，唸起來會像是「ㄧㄝ˙」的短促版本，請跟著音檔一起試著唸唸看吧。

● 發音訣竅

舌頭平貼上顎，就像發注音「ㄧ」音的動作，接著就像要輕輕唸出「ㄧㄝ˙」音般送氣，在發出帶有ㄝ音的尾音時，舌頭會有一點緊繃感。

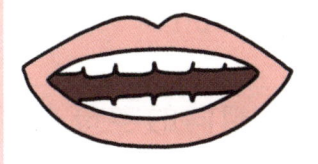

EXERCISE [j]

1. 試著連續快速唸 10 次。
   [j] [j] [j] [j] [j] [j] [j] [j] [j] [j]

2. 音拉長一點，一次持續 5 秒鐘。
   [j]－－－－－

3. 結合 1 和 2，試著重複練習 5 次。
   [j] [j]－－－－－　[j] [j]－－－－－
   ……

029

● 內有 [j] 這個音的單字

試著繃緊舌頭出力,並稍微加重發音。先不用太在意其他字母的發音,我們在這裡先只專注於正確發出 [j] 的音。

❶ **y**ear(年)　　　　❷ **y**en(日圓)
❸ be**y**ond(超過~)　❹ can**y**on(峽谷)

● 這些字母組合也發一樣的音!

重點提示+ 字母 i 也可能會發 [j] 的音

❺ bill**i**on(十億)　　❻ famil**i**ar(熟悉的)
❼ on**i**on(洋蔥)　　❽ opin**i**on(意見)

● 相同的字母也可能有不同的發音

重點提示+ 字母 y 的發音方式主要有三種

除了 [j] 之外,還可能會發 [aɪ] 和 [ɪ] 的音。

y 讀作 [aɪ] 的例子

❾ cr**y**(哭泣)　　　❿ fl**y**(飛翔)
⓫ sk**y**(天空)　　　⓬ st**y**le(風格)

y 讀作 [ɪ] 的例子

⓭ bab**y**(嬰兒)　　⓮ cand**y**(糖果)
⓯ happ**y**(快樂的)　⓰ man**y**(許多的)

young [jʌŋ]

LESSON 2 | ou ⟫ [ʌ]

發音方式

　　[ʌ] 與注音「ㄜ」聽起來相當接近，但尾音聽起來會帶有下墜感。發音時嘴巴微張、保持放鬆狀態，重點在於此時必須腹部用力，從肚子底部發出注音「ㄜ」音，請注意尾音應該會有著明顯的截斷與下墜感。

　　發 [ʌ] 音的字母經常會是 u，但英文音標裡還有長得和字母一模一樣，但發音不同的 [u]，所以請特別小心不要被拼字影響，錯唸成 [u] 音。看到字母 u 時，請立即想到發 [ʌ] 的音！

發音訣竅

發音時舌頭要保持放鬆狀態、不要用力，腹部用力發出較低沉的音。

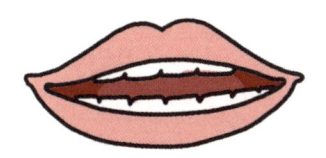

EXERCISE [ʌ]

1. 試著連續快速唸 10 次。
[ʌ] [ʌ] [ʌ] [ʌ] [ʌ] [ʌ] [ʌ] [ʌ] [ʌ] [ʌ]

2. 音拉長一點，一次持續 5 秒鐘。
[ʌ]-----

3. 結合 1 和 2，試著重複練習 5 次。
[ʌ] [ʌ]-----　　[ʌ] [ʌ]-----
......

031

● 內有 [ʌ] 這個音的單字

　　這裡我們只專注於 [ʌ] 的正確發音，不用太過在意其他字母的發音。

❶ country（國家）　　❷ couple（情侶；夫婦；一雙，一對）
❸ cousin（堂表兄弟姊妹）　　❹ double（雙重的）
❺ enough（足夠的）　　❻ rough（粗糙的；粗略的）
❼ southern（在南方的）　　❽ touch（碰觸）

● 這些字母組合也發一樣的音！

重點提示＋　u / o / oo 也可能會發 [ʌ] 的音

u	❾ bus（公車；巴士）　❿ cup（杯子） ⓫ cut（切）　⓬ duck（鴨子） ⓭ sun（太陽）　⓮ umbrella（雨傘） ⓯ uncle（叔伯舅）　⓰ under（在～之下） ⓱ up（向上）　⓲ us（我們）
o	⓳ come（來）　⓴ mother（母親） ㉑ son（兒子）
oo	㉒ blood（血液）　㉓ flood（洪水）

young [jʌŋ] 2

LESSON 3 | ng ›››[ŋ]

08

● 發音方式

　　嘴唇自然微張，舌尖貼在下排牙齒的內側位置，舌根閉合，封住喉嚨深處。

　　在喉嚨深處，不吐氣，發出類似注音「ㄥ」的聲音。重點是發音要短促快速，並透過鼻腔發出鼻音。當這個音出現在單字的字尾時，嘴巴不能閉起來，避免發出多餘的閉合音，只要像是把尾音吞進嘴巴裡一樣地輕輕帶過就好。

● 發音訣竅

無論嘴唇閉合與否，上下牙齒都不能閉合。如果發 [ŋ] 音時觸摸鼻骨有感受到震動，那就 OK 了！

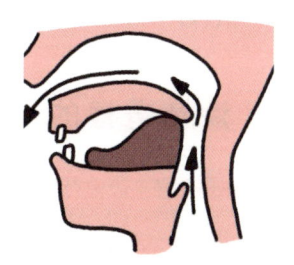

EXERCISE [ŋ]

1. 試著連續快速唸 **10** 次。
[ŋ] [ŋ] [ŋ] [ŋ] [ŋ] [ŋ] [ŋ] [ŋ] [ŋ] [ŋ]

2. 音拉長一點，一次持續 **5** 秒鐘。
[ŋ]-----

3. 結合 **1** 和 **2**，試著重複練習 **5** 次。
[ŋ] [ŋ]-----　　[ŋ] [ŋ]-----
......

• 內有 [ŋ] 這個音的單字

發音時要注意,不要受到字母組合 ng 中的 g 影響而多發出 [g] 的音。在此我們只專注於 [ŋ] 的正確發音,不用太過在意其他字母的發音。

❶ bring（帶來）
❷ going（前往）
❸ king（國王）
❹ listening（聆聽）
❺ long（長的）
❻ song（歌曲）
❼ spring（春天）
❽ strong（強壯的）

> 這裡的 g 不發音,千萬要記住呀……

• 注意這裡的拼寫規則！

重點提示 + 會發出字母「g」的音的情況

當字母組合 ng 出現在單字的字中時,有時會發 [ŋg] 的音（當後面出現母音時）。例如,young 一旦變成比較級的 younger 或最高級的 youngest,就會發 [ŋg] 的音。

❾ angry（生氣的）
❿ finger（手指）
⓫ hunger（飢餓）
⓬ kangaroo（袋鼠）
⓭ language（語言）
⓮ single（單一的）

SAY! [young]

　　現在我們已經知道要怎麼發正確的發音了，接下來就把之前練習的 [j]、[ʌ]、[ŋ] 三個音串連起來唸唸看吧。

❶ [j] + [ʌ] = 發出聽起來像注音輕聲「ㄧㄚ」般短促的音。

❷ [jʌ] + [ŋ] = 將三個音連接起來，就可以唸出 young 的正確發音了。

現在就來練習有用到 young 的一些例句吧。

1. The young girl looked so happy at her birthday party.
   （那個年輕女生在自己的生日派對上看起來非常開心。）

2. He looks young for his age.（他看起來比實際年齡年輕。）

3. We are young in spirit.（我們的心靈是年輕的。）

4. The young couple walked along the beach.
   （這對年輕夫妻沿著沙灘散步。）

5. The young leaves on the trees looked so fresh.
   （樹上新生的葉子看起來真是鮮嫩。）

6. I look just like my father when he was young.
   （我看起來就像我父親年輕時候的樣子。）

7. A: Do you have any siblings?（你有兄弟姐妹嗎？）

   B: Yes, I have one younger sister and one younger brother.
   （有，我有一個妹妹和一個弟弟。）

8. A: I can't believe I'm turning 40 next month. I'm not young anymore.
   （我真不敢相信我下個月就要 40 歲了。我不再年輕了。）

   B: Hey, don't worry about it. Age is just a number. You're still young and full of energy.
   （嘿，不用擔心這個。年齡只是個數字。你還是很年輕又充滿活力。）

CHAPTER 3
coach
[kotʃ]

LESSON 1 [k]　　LESSON 2 [o]　　LESSON 3 [tʃ]

　　coach 最初是匈牙利一個以製作馬車聞名的城鎮名稱，又因為原本是「四輪大馬車」的意思，後來就衍生出了「順利帶到目的地」的含義。如今則是「輔導」、「訓練」、「指導人們成功達成目標」以及做為「教練、指導員或家教」等的意思。

coach [kotʃ]

LESSON 1 | c ≫ [k]

發音方式

在發 [k] 音時,嘴巴微張,用舌根封住喉嚨,把氣積聚在喉嚨處,然後在打開喉嚨的同時送出氣息,可是並不真的振動聲帶發出聲音。

所謂的利用舌根發音,可以參考你在仰頭「咕嚕咕嚕～」漱口時使用舌根的感覺。換句話說,就是利用舌根部分先堵住空氣,然後再一口氣將空氣釋放出來,發出單純的氣音。

發音訣竅

當你因為疼痛而咬牙忍耐時,自然發出的「吭」聲,就很類似 [k] 音。

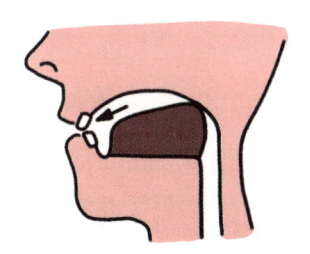

EXERCISE [k]

1. 將衛生紙放在嘴巴前面,試著發出 [k] 音。檢查看看衛生紙有動嗎?
   → 衛生紙應該要動才是對的,如果沒有動,請按照上述發音說明,調整發音位置,再唸唸看。

2. 用正確的輕聲音重複唸 10 次。
   [k] [k] [k] [k] [k] [k] [k] [k] [k] [k]

037

● 內有 [k] 這個音的單字

如果你覺得「c」的發音應該是「ㄒㄧ」，那麼你就是被字母迷惑了。這裡我們只專注於 [k] 的正確發音，不用太過在意其他字母的發音。

❶ **c**an（罐頭；能夠）　　❷ **c**ap（鴨舌帽）
❸ **c**ard（卡片）　　❹ pi**c**ni**c**（野餐）

● 這些字母組合也發一樣的音！

重點提示 + 字母組合 ck / k 也會發相同的音

❺ ba**ck**pa**ck**（後背包）　　❻ pi**ck**（挑選）
❼ ban**k**（銀行）　　❽ **k**ey（鑰匙）

LESSON + | x »» [ks]

將這一課學到的 [k] 和之前學過的 [s]（p.21）串聯起來，就可以發出字母 x 的音了。現在就來練習一下吧。正確發音的重點是將 [k] 和 [s] 連在一起唸，且發出聲音時不振動聲帶，而是只用氣音來連接。

內有 [ks] 的單字

❾ bo**x**（盒子）　　❿ fi**x**（修理）
⓫ mi**x**（混合）　　⓬ ne**x**t（下一個）
⓭ si**x**（六）　　⓮ wa**x**（蠟）

LESSON 2 | oa ››› [o]

● 發音方式

[o] 這個音是將兩個母音合在一起來發的音，所以也會被視為是「雙母音」的一種。相比 [ɔ] 音，在發 [o] 時必須更確實地收攏嘴唇。先清楚發出 [ɔ] 音，再輕輕加上一個 [ʊ] 的音。發 [ʊ] 的時候，嘴型要呈圓形並向前突出。

如果之前都把 coach 讀成 [kɔtʃ]，那麼現在可以試著更細緻地把 [ɔ] 改發成 [o]，這樣就能讓發音聽起來更標準。

● 發音訣竅

試著做出像吹口哨般的嘴型。先把嘴巴張大，接著快速俐落地將嘴巴收攏縮小。

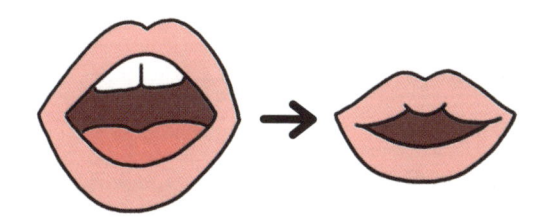

EXERCISE [o]

1. 請先單獨快速唸 10 次 [ɔ]。
[ɔ] [ɔ] [ɔ] [ɔ] [ɔ] [ɔ] [ɔ] [ɔ] [ɔ] [ɔ]

2. 接著，用吹口哨時的嘴型快速唸 10 次 [ʊ]。
[ʊ] [ʊ] [ʊ] [ʊ] [ʊ] [ʊ] [ʊ] [ʊ] [ʊ] [ʊ]

3. 最後，將兩個音平滑地連接起來，連續唸 10 次。
[o] [o] [o] [o] [o] [o] [o] [o] [o] [o]

● 內有 [o] 這個音的單字

這裡我們只專注於 [o] 的正確發音方式,不用太過在意其他字母的發音。

① b**oa**t(小船)　　② c**oa**t(大衣)
③ f**oa**m(泡沫)　　④ g**oa**l(目標)
⑤ g**oa**t(山羊)　　⑥ r**oa**d(道路)
⑦ s**oa**p(肥皂)　　⑧ thr**oa**t(喉嚨)
⑨ t**oa**d(蟾蜍)　　⑩ t**oa**st(吐司)

● 這些字母組合也發一樣的音!

重點提示＋ 字母組合 ow 也會發相同的音

⑪ b**ow**l(碗)
⑫ cr**ow**(烏鴉)
⑬ r**ow**(划船)
⑭ sn**ow**(雪)
⑮ wind**ow**(窗戶)
⑯ yell**ow**(黃色)

> 確實有一首叫做「Row, Row, Row Your Boat ~♪」的歌。

coach [koʧ] 3

LESSON 3 | ch ››› [tʃ]

發音方式

　　[tʃ] 這個氣音發起來與注音的「ㄑ」有點像。在發音之前，先將嘴唇像章魚一樣，圓圓地收攏而向前突出，上下牙齒輕輕閉合，舌頭貼在上排門牙後方的牙齦根部，準備好了之後，隨著快速吐出氣流的動作挪開舌頭，發出氣音 [tʃ]，請注意不要振動聲帶發聲，不然會發出類似注音「ㄐ」的音，變成更像 [dʒ] 的發音（p.91）。

發音訣竅

> 重點是保持嘴唇收攏的嘴型並向外吐氣。發音時請試著從喉嚨深處將空氣向外推。

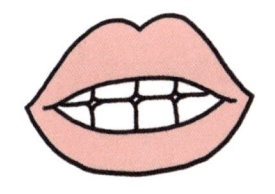

EXERCISE [tʃ]

1. 試著做出正確發音嘴型來發 [tʃ]，手摸著喉嚨，確認聲帶沒有振動。

2. 試著連續快速唸 10 次 [tʃ]。
[tʃ] [tʃ] [tʃ] [tʃ] [tʃ] [tʃ] [tʃ] [tʃ] [tʃ] [tʃ]

● 內有 [tʃ] 這個音的單字

不用在意其他字母的發音,我們在此只專注於 [tʃ] 的正確發音。

❶ chair（椅子）　　❷ cheek（臉頰）
❸ chin（下巴）　　❹ lunch（午餐）
❺ rich（富有的）　　❻ teach（教導）
❼ beach（海灘）

● 這些字母組合也發一樣的音！

重點提示＋

tch / tu / ti 有時也會發相同的音。

tch	❽ catch（抓住）　❾ catchy（朗朗上口的） ❿ watch（觀看；警戒；手錶）
tu	⓫ nature（自然）
ti	⓬ suggestion（建議）

SAY! [coach]

　　現在我們已經知道要怎麼正確發音了，接下來就練習把 [k]、[o] 和 [tʃ] 串連起來唸唸看吧。

❶ [k] + [o] = 聽起來會像注音的「ㄎㄡ」。
❷ [ko] + [tʃ] = 連接起來後就是 coach 的正確發音。

現在就來練習一些有用到 coach 的例句吧。

1. My son's soccer coach is really passionate.
（我兒子的足球教練非常有熱情。）

2. The coach helped our team to develop a winning strategy.
（這名教練協助我們隊制定出了獲勝的策略。）

3. The swim coach taught me some techniques for freestyle.
（這名游泳教練教了我一些自由式的技巧。）

4. The coach looked so happy with the team's performance during the game.
（這名教練看上去對這支隊伍的場上表現感到非常滿意。）

5. I need to meet with my life coach to discuss my career goals.（我必須和我的人生導師碰面討論我的職涯目標。）

6. The basketball coach made some changes to the starting lineup.（這名籃球教練對先發陣容進行了一些調整。）

7. I really appreciate the coaching you've given me.
（我真的很感謝你曾經的教導。）

8. The coach encouraged us to keep practicing even when we feel like giving up.
（這名教練鼓勵我們即使是在想要放棄的時候也要持續練習。）

CHAPTER

4
value
[ˋvælju]

LESSON 1 [v]　　LESSON 2 [æ]　　LESSON 3 [l]

LESSON 4 [ju]

這是　　　　　　　非常地……

zzz

　　value 這個字具有「價格；價值；價值觀；判斷基準」以及「評估；珍惜，重視」等多重涵義，所以可能會隨著使用情境不同而有著不同的意思。

044

value [ˈvælju]

LESSON 1 | v ⟫ [v]

● 發音方式

在發 [v] 音時，第一步是將下唇稍微向上移動，接著用前排牙齒的尖端抵住下唇，並同時吐氣及振動聲帶發出聲音。發音時感受一下嘴唇有沒有震動且「癢癢的」，有的話就對了！雖然有時會把這個發音動作，形容成是在「咬下唇」，但請注意不要咬得太用力，正確應該是輕輕將牙齒放在嘴唇上的感覺，讓空氣仍能順利從牙齒和嘴唇間的小通道中通過。

● 發音訣竅

用前排牙齒輕輕觸碰下唇時，可以用力一些吐氣來發出聲音。

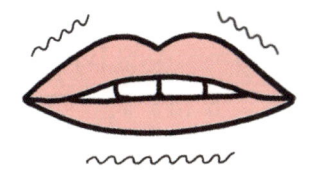

EXERCISE — [v]

1. 試著連續快速唸 10 次。
[v] [v] [v] [v] [v] [v] [v] [v] [v] [v]

2. 音拉長一點，一次持續 5 秒鐘。
[v]━━━━━

3. 結合 1 和 2，試著重複練習 5 次。
[v] [v]━━━━━　[v] [v]━━━━━……

045

● 內有 [v] 這個音的單字

現在我們先不必太在意其他字母的發音，只專注在 [v] 的正確發音就好。

❶ very（非常）
❷ vet（獸醫）
❸ view（視野）
❹ visit（拜訪）
❺ expensive（昂貴的）
❻ give（給予）
❼ have（擁有）
❽ live（居住；生活）
❾ never（從不）
❿ over（在～上方）
⓫ seven（七）

● 一定要記住的不同之處

重點提示＋

當英文中的 [v] 和 [b] 音一起出現，尤其是單一單字裡同時混合了 b 和 v 時，如果唸得快一點，可能就會有舌頭打結的感覺，所以要特別注意。（[b] 的練習請見 p.87）

⓬ available（可取用的；可獲得的）
⓭ observe（觀察；遵守）
⓮ valuable（有價值的；珍貴的）
⓯ verb（動詞）
⓰ verbal（口頭的）
⓱ vibe（氛圍；情境）
⓲ vibrant（振動的；充滿活力的）

value [ˈvælju]

LESSON 2 | a ≫ [æ]

● 發音方式

[æ] 是一個非常具有英文特色、聽起來會像是介於注音「ㄟ」和「ㄚ」之間的音。

第一步先向兩側用力拉開嘴角，然後發出類似注音「ㄟ」的音。接著，慢慢將嘴巴上下張開，就會感受到從注音「ㄟ」的音變化成「ㄚ」的那個關鍵音，這個特別的音就是 [æ]。中文裡沒有和 [æ] 一模一樣的音，因此也比較難以掌握，但如果能發得正確，那你的英文發音就會聽起來更自然，讓我們一起加油吧！

● 發音訣竅

嘴唇不需要用力，舌頭也自然放置就好、不要用力。

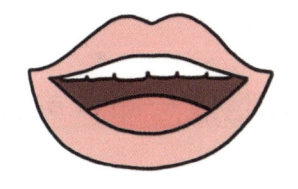

EXERCISE [æ]

1. 試著拉長音 5 秒鐘，唸 5 遍。
[æ]－－－－－[æ]－－－－－……

2. 將英文音標的 [ɑ] 和 [æ] 交替著唸，各 5 遍。
[ɑ] [æ] [ɑ] [æ] [ɑ] [æ] [ɑ] [æ] [ɑ] [æ]

3. 將短音和拉長音的 [æ] 結合在一起，唸 5 遍。
[æ] [æ]－－－－－ [æ] [æ]－－－－－……

047

● 內有 [æ] 這個音的單字

我們現在不需要特別在意其他字母的發音，只要專注在 [æ] 的正確發音就好。

❶ **a**nd（和；然後；而且）
❷ **a**nswer（答案）
❸ **a**nt（螞蟻）
❹ **a**sk（詢問）
❺ c**a**mp（露營）
❻ g**a**s（氣體）
❼ h**a**nd（手）
❽ p**a**st（過去）
❾ s**a**nd（沙子）
❿ und**e**rst**a**nd（理解）

> 掌握 [æ] 音之後，就會讓你聽起來更像母語者哦。

● 知道這一點很重要！

重點提示＋ 幾乎只有字母 a 會發 [æ] 這個音

除了字母 a 會發 [æ] 這個音之外，在英文裡幾乎沒有其他字母或組合會發 [æ] 音，此外，[æ] 音所在的音節常常都是重音所在，因此唸的時候會特別強調 [æ] 的存在感，並弱化其他非重音節裡的母音發音，例如變成 [ə] 或 [ɪ] 等較不強烈的音。

value [ˈvælju] 4

LESSON 3 | l ≫ [l]

發音方式

在發 [l] 這個音時，舌頭擺放的位置非常重要。請用舌尖緊緊抵住上顎牙齦的後側，然後發出類似注音「ㄦ」的輕音，但如果後面緊接母音，便要快速放開舌頭發出類似注音「ㄌ」的音。

如果有感覺自己的舌尖用力撞到了上排門牙後方牙齦處的話，那發音方式就對了。如果 [l] 音的後面緊跟著子音，則必須將舌頭保持在上顎牙齦後方的位置，發出介於「呃」和「噢」之間的音。

發音訣竅

發 [l] 音時，舌頭的位置是要碰觸上排門牙牙齦後側比較凹陷一點的地方。

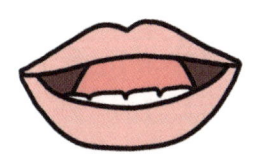

EXERCISE [l]

1. 試著連續快速唸 10 次。
[l] [l] [l] [l] [l] [l] [l] [l] [l] [l]

2. 音拉長一點，一次持續 5 秒鐘。
[l]ㅡㅡㅡㅡㅡ

3. 結合 1 和 2，試著重複練習 5 次。
[l] [l]ㅡㅡㅡㅡㅡ　[l] [l]ㅡㅡㅡㅡㅡ
……

● 內有 [l] 這個音的單字

當 [l] 後面緊接母音時，發出的音稱為基本音，此時 [l] 的發音會非常清晰。現在先不用太過在意其他字母的發音，只要專注在 [l] 的正確發音就好。

① large（大的）
② learn（學習）
③ less（較少的；較小的）
④ letter（信件）
⑤ light（光）
⑥ like（喜歡）
⑦ lift（提高；抬起）
⑧ list（清單）
⑨ long（長的）
⑩ love（愛）
⑪ black（黑色；黑色的）
⑫ flag（旗幟）

● 知道這一點很重要！

重點提示＋ 「清晰的 L」和「模糊的 L」

基本的 [l] 音是在後面接母音時所發出的清晰 [l] 音，聽起來近似於注音「ㄌ」，這種音被稱為「清晰的 L」。

另一方面，當 [l] 後面接的是子音或位於單字字尾時，發音就會變得模糊，這種音被稱為「模糊的 L」，聽起來有點像介於「呃」和「噢」之間的音。

⑬ cool：[kul]（涼冷的）
⑭ file：[faɪl]（檔案；歸檔）
⑮ heal：[hil]（療癒）
⑯ help：[hɛlp]（幫助）
⑰ milk：[mɪlk]（牛奶）
⑱ people：[ˋpipəl]（人們）
⑲ pool：[pul]（水池）
⑳ school：[skul]（學校）
㉑ towel：[ˋtaʊəl]（毛巾）
㉒ well：[wɛl]（很好地；健全的）

value [ˈvælju]

LESSON 4 | ue ⟩⟩⟩ [ju]

● 發音方式

　　如果將 [j] 和 [u] 連起來當成一個連續音來發，就會變成 [ju] 這個音。首先請將嘴角向兩側拉開，做出像是要發出 [ɪ] 的嘴型，接著輕輕發出 [j] 的音，最後則是用 [u] 的音結尾。這時嘴唇會從向兩側拉開的狀態，流暢變化成稍微收攏向前突出的嘴型。

　　順道一提，在現今的美式發音中，常常會省略 [j] 音，只發出 [u] 的音。

● 發音訣竅

發 [u] 的音時，會有舌尖稍微出力的感覺。

EXERCISE [ju]

1. 試著連續快速唸 10 次。
[ju] [ju] [ju] [ju] [ju] [ju] [ju] [ju] [ju] [ju]

2. 現在試試看 10 秒內你可以唸幾次！
把目標設定在 30 次吧！
[ju] [ju] [ju] [ju] [ju] [ju] [ju] [ju] [ju]
……

● 內有 [ju] 這個音的單字

我們現在先不用太在意其他字母的發音，只專注於 [ju] 的正確發音就好。

❶ arg**ue**（爭論；爭議）

❷ barbec**ue**（燒烤）

❸ contin**ue**（繼續）

❹ c**ue**（提示；線索）

❺ resc**ue**（救援）

● 這些字母組合也發一樣的音！

重點提示＋ ew / u 也會發相同的音

ew	❻ f**ew**（很少數的；一些，幾個） ❼ neph**ew**（外甥，姪子） ❽ revi**ew**（再檢查；檢閱；複習） ❾ vi**ew**（景色）
u	❿ am**u**sement（娛樂，消遣；樂趣） ⓫ c**u**te（可愛的） ⓬ f**u**ture（未來） ⓭ m**u**sic（音樂） ⓮ **u**nion（聯盟；合併） ⓯ **u**se（使用） ⓰ **u**seful（有用的）

SAY! [value]

　　前面我們已經學過正確的發音了，現在就練習把這些發音串連起來説説看吧。

　　請試著將 [v]、[æ]、[l] 和 [ju] 等四個音連接起來，實際唸唸看吧。

❶ **[v] + [æ]** ＝變成 [væ]，請注意嘴型是否正確。
❷ **[væ] + [l]** ＝連接起來變成 [væl]。
❸ **[væl] + [ju]** ＝連接起來，就是 value [ˋvælju] 的正確發音了！

現在就來練習有用到 value 的一些例句吧。

1. It's good value!（非常劃算！）
2. I value your opinion.（我重視你的意見。）
3. My mom always tries to find good value for her money when shopping.
   （我媽媽在購物時，總是會試圖要讓她的錢能花得很劃算。）
4. She values her privacy.（她很重視她的隱私。）
5. They value honesty above everything else.
   （他們重視誠實勝過一切。）
6. He doesn't value you.（他不重視你。）
7. The company values diversity in its workplace.
   （那家公司重視職場中的多元性。）
8. I learned to value the little things in life.
   （我學會了珍惜生活中的小事。）
9. We should value our time more.
   （我們應該更加重視我們的時間。）
10. The art piece has great value.（這件藝術品非常珍貴。）

CHAPTER 5

indeed
[ɪn`did]

LESSON 1 [ɪ]　　LESSON 2 [n]　　LESSON 3 [d]

LESSON 4 [i]　　→P.59 [d]

　　indeed 有著「真正地，確實，的確，果然，實際上，完全是」的意思，這個字在日常會話中經常會用到。最基本的字義是「確實」或「的確」，會在句子中扮演「強調某件事」的角色。
　　另一方面，indeed 也可以代替「Yes」，來表達「確實是！」的意思。掌握 indeed 的正確發音並靈活運用吧！

indeed [ɪnˋdid]

LESSON 1 | i »› [ɪ]

● 發音方式

　　首先嘴巴放鬆，嘴角往兩側微微拉起，做出類似在發注音「一」的嘴型，然後發出短促版的注音「一」的音。在發 [ɪ] 的音時，一定要小心不要把音發得太長，嘴巴也不要用力，放鬆自然、短短地發出聲音就好。

● 發音訣竅

發 [ɪ] 音時舌頭不用繃緊，嘴巴放鬆、嘴角稍微拉起就好。

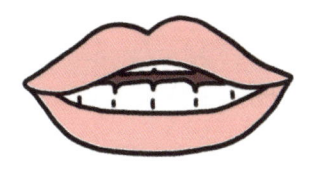

EXERCISE [ɪ]

1. 試著連續快速唸 10 次。
[ɪ] [ɪ] [ɪ] [ɪ] [ɪ] [ɪ] [ɪ] [ɪ] [ɪ] [ɪ]

2. 現在試試看 10 秒內你可以唸幾次！
目標就定在 30 次吧！
[ɪ] [ɪ] [ɪ] [ɪ] [ɪ] [ɪ] [ɪ] [ɪ] [ɪ] [ɪ] ……

055

● **內有 [ɪ] 這個音的單字**

這裡不需要太過在意其他字母的發音，專注把 [ɪ] 的音發正確就好。

❶ in（在～裡面）
❷ it（它，牠）
❸ kick（踢）
❹ lip（嘴唇）
❺ listen（聆聽）
❻ mint（薄荷）
❼ ship（運輸；船）
❽ sit（坐下）
❾ six（六）
❿ will（意志；意願）

● **這些字母組合也發一樣的音！**

重點提示＋ y / e / u / ui 也會發 [ɪ] 的音

即使不是字母 i，這些單字的發音裡也有 [ɪ] 的音。

y	⓫ gym（健身房） ⓬ pyramid（金字塔） ⓭ rhythm（節奏） ⓮ symbol（象徵） ⓯ system（系統）
e	⓰ England（英格蘭；英國）
u	⓱ busy（忙碌的）
ui	⓲ build（建造） ⓳ guilty（有罪的） ⓴ guitar（吉他）

indeed [ɪn`did]

LESSON 2 | n ⟫ [n]

● 發音方式

[n] 的發音和注音的「ㄋ」很像，不過在發 [n] 音時的重點，在於舌尖要先確實觸及上排門牙後方的牙齦處，接著放開舌頭、送出氣流並發出帶有鼻音的音。

[n] 的音容易和 [m] 的音搞混。請特別注意，在發 [n] 音時嘴巴是張開的，如果嘴唇緊閉，那就會變成 [m] 的音了。

● 發音訣竅

輕輕張開嘴唇，舌尖確實觸及上排門牙後方的牙齦處，像要發「ㄋ」音般發音，就能順利發出 [n] 的音。

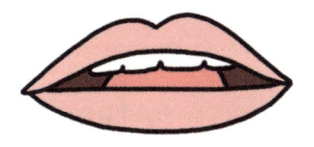

EXERCISE [n]

1. 試著連續快速唸 10 次。
[n] [n] [n] [n] [n] [n] [n] [n] [n] [n]

2. 音拉長一點，一次持續 5 秒鐘。
[n]－－－－－[n]－－－－－[n]－－－－

3. 結合 1 和 2，試著重複練習 5 次。
[n] [n]－－－－－　[n] [n]－－－－－
……

057

● 內有 [n] 這個音的單字

我們在此先不用太過在意其他字母的發音，只專注於 [n] 的正確發音就好。

❶ **n**eed（需要）　　　　　❷ **n**ext（下一個）
❸ **n**o（不）　　　　　　　❹ **n**umber（數字）
❺ a**n**imal（動物）　　　　❻ fi**n**ish（結束）
❼ huma**n**（人類）　　　　❽ seve**n**（七）
❾ s**n**ow（雪）　　　　　　❿ sudde**n**（突然的）
⓫ u**n**der（在～下方）　　　⓬ wi**n**ter（冬天）

● 這些字母組合也發一樣的音！

重點提示＋ 字母組合 nn / kn / gn 也會發相同的音

nn	⓭ fu**nn**y（有趣的）　⓮ su**nn**y（晴朗的） ⓯ di**nn**er（晚餐）　⓰ a**nn**oy（使厭煩；困擾） ⓱ co**nn**ect（連接）　⓲ a**nn**ounce（宣布）
kn	⓳ **kn**ow（知道）　⓴ **kn**ife（刀） ㉑ **kn**ight（騎士）　㉒ **kn**ob（球形把手） ㉓ **kn**it（編織；針織）
gn	㉔ ali**gn**（把～排成一列）　㉕ campai**gn**（宣傳活動） ㉖ desi**gn**（設計）　㉗ forei**gn**（外國的） ㉘ **gn**at（小飛蟲；蚊蚋）　㉙ si**gn**（簽署；標誌）

indeed [ɪnˋdid]

LESSON 3 | d ›› [d]

● 發音方式

子音 [d] 的發音聽起來類似於注音的「ㄉ」。

將舌尖放在上排門牙的根部並用力吐氣，同時像是把舌尖彈起來一樣，發出類似於彈動的「ㄉ」音。嘴型與發 [t] 音時相同，但不同之處在於必須振動聲帶來發出聲音。發 [d] 音時可將手放在喉嚨上，如果有感覺到震動，那就沒問題了。

雖然在發 [d] 音時吐出的氣流比較強烈，但 [d] 音若出現在字尾，則發音就可能會變得很輕，甚至聽不到。

● 發音訣竅

發音時嘴巴保持張開的狀態，確認舌尖是否有確實接觸到上排門牙後方牙齦的交界處。

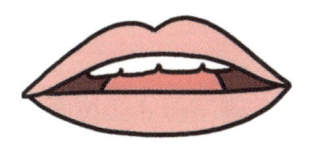

EXERCISE [d]

1. 將衛生紙放在嘴巴前面，試著發出 [d] 音。檢查看看衛生紙有動嗎？
→ 衛生紙應該要動才是對的，如果沒有動，請按照上述發音說明，調整發音位置，再唸唸看。

2. 用正確的音快速重複唸 10 次。
[d] [d] [d] [d] [d] [d] [d] [d] [d] [d]

● 內有 [d] 這個音的單字

在此我們先不必太過在意其他字母的發音,只要專注在發出正確的 [d] 音就好。

① **d**a**d**(爸爸)
② **d**ig(挖掘)
③ **d**ip(浸一下,沾)
④ **d**octor(醫生)
⑤ **d**og(狗)
⑥ **d**own(向下;向下的)
⑦ bo**d**y(身體)
⑧ li**d**(蓋子)
⑨ me**d**ia(媒體)
⑩ or**d**er(訂購)
⑪ un**d**er(在~之下)
⑫ vi**d**eo(影片)
⑬ be**d**(床)
⑭ moo**d**(心情,情緒)
⑮ soun**d**(聲音)

● 知道這一點很重要!

重點提示＋　「d ＋ you」的發音會類似於 [dʒju] 的音

當字母 d 與後面的 you 連在一起唸時,發音會產生變化。

⑯ Di**d** you ~?：變成 [dɪ dʒju] ~?
　　Di**d** you drink coffee this morning?
　　(你今天早上喝咖啡了嗎?)

⑰ Coul**d** you ~?：變成 [kʊ dʒju] ~?
　　Coul**d** you drive me to the station?
　　(你能開車送我到車站嗎?)

⑱ sen**d** you ~：變成 [sɛn dʒju] ~
　　I will sen**d** you a present tomorrow.
　　(我明天會寄給你一份禮物。)

indeed [ɪn`did]

LESSON 4 | ee ≫ [i]

● 發音方式

嘴巴用力向左右平拉,發出類似注音「一」的音。

只要將嘴巴向左右呈微笑狀完全拉開,並在喉嚨下方用力,就可以發出比 [ɪ] 更強烈的長音。像是露出牙齒微笑到最大般地發音,就能更輕鬆地發出正確的 [i] 音。

● 發音訣竅

重點是要盡量把嘴巴向左右拉開到最大。請試著用比你原本想要用的力氣,再多兩倍的力來拉開嘴角。

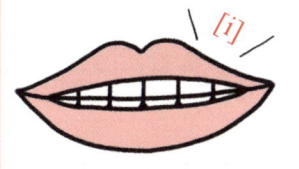

[i]

EXERCISE [i]

1. 試著連續快速唸 10 次。
[i] [i] [i] [i] [i] [i] [i] [i] [i] [i]

2. 音拉長一點,一次持續 5 秒鐘。
[i]-----

061

● 內有 [i] 這個音的單字

我們在此先不必太過在意其他字母的發音,只要專注於 [i] 的正確發音就好。

❶ cheese(起司,乳酪)
❷ keep(保持)
❸ meet(見面)
❹ see(看見)
❺ seek(尋求)
❻ sheep(綿羊)
❼ sleep(睡覺)
❽ street(街道)
❾ tree(樹)

> 我總是想把 sheep 的 cheese 放在冰箱裡 keep 起來。

● 這些字母組合也發一樣的音!

重點提示+ ea / e / ey / ei / ie 也會發 [i] 的音

ea	❿ eat(吃)　⓫ read(讀)　⓬ tea(茶)
e	⓭ be(是;成為)　⓮ she(她)
ey	⓯ key(鑰匙)
ei	⓰ receipt(收據)　⓱ ceiling(天花板)
ie	⓲ believe(相信)　⓳ piece(片,塊)

SAY! [indeed]

我們現在已經學過正確的發音了，接著就練習把這些發音串連起來說說看吧。

請試著把 [ɪ]、[n]、[d]、[i]、[d] 這五個音連在一起唸唸看。

❶ [ɪ] + [n] ＝聽起來就像注音「一ㄣ」的感覺。
❷ [ɪn] + [d] ＝注意最後的 [d] 要唸出來，應該唸成 [ɪndə]。
❸ [ɪnd] + [i] ＝唸成 [ɪndi]，請注意尾巴的 [i] 要用力拉長。
❹ [ɪndi] + [d] ＝注意最後的 [d]，這就是 indeed 的正確發音。

現在就來練習有用到 indeed 的一些例句吧。

1. Indeed!（的確！）
2. That was indeed an impressive performance.
   （那真的是一場令人印象深刻的表演。）
3. Indeed! You become a teacher!（果然！你當上老師了！）
4. The task was difficult indeed, but we managed to complete it.（這項任務確實很難，但我們還是設法完成了。）
5. That's indeed a great idea.（那真是一個很棒的點子。）
6. A: Thank you so much for having me. It was so much fun.
   （非常感謝你邀請我。今天真的很好玩。）
   B: Indeed, it was a pleasure meeting you.
   （真的，很開心見到你。）
7. A: It's very hot today.（今天天氣非常熱。）
   B: Yes, indeed.（是啊，真的。）

CHAPTER 6
forward
[ˈfɔrwɚd]

LESSON 1 [f]　**LESSON 2** [ɔr]　**LESSON 3** [w]

LESSON 4 [ɑr(ɚ)]　→P.59　[d]

前進～！

　　forward 是一個具有多種含義的單字。當名詞時，它指的是各種運動中的「前衛，前鋒」；當副詞時，則有「向前；出來」的意思，甚至還可以表示「往將來；往後；有進步地，有進展地」等意義。此外，做為動詞時，forward 可以用來表示轉寄郵件或轉送貨物的「轉寄；寄送」的意思。這個字的用途廣泛，讓我們一起來學它的正確發音並多加運用吧！

forward [ˈfɔrwɚd]

LESSON 1 | f ≫ [f]

● 發音方式

　　第一步先用上排門牙的尖端輕輕接觸下唇，最理想的狀態是「有接觸到，但不過於緊密」，接著請試著保持這個嘴型，從牙齒尖端和嘴唇之間的空隙吐氣。從門牙之間吐出的「氣息本身」，就是 [f] 的音。雖然有時會用「咬下唇」來形容發 [f] 音的嘴型，但請注意不要咬得太用力，不然牙齒和嘴唇間的空隙會消失，那就發不出發音了。發音關鍵就是牙齒要輕輕接觸嘴唇，之間的空隙必須大到能夠順利吐氣。

● 發音訣竅

掌握透過間隙來吐氣的要領非常重要，請試著感受氣流在牙齒和嘴唇之間通過所產生的摩擦感，並用力吐氣。

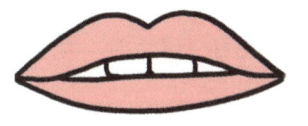

EXERCISE [f]

1. 試著連續快速唸 10 次。
[f] [f] [f] [f] [f] [f] [f] [f] [f] [f]

2. 音拉長一點，一次持續 5 秒鐘。
[f]━━━━━

3. 結合 1 和 2，試著重複練習 5 次。
[f] [f]━━━━━　[f] [f]━━━━━
……

065

● 內有 [f] 這個音的單字

先不必在意其他字母的發音,請先專注於 [f] 的正確發音。

❶ **f**at（肥胖的）
❷ **f**avorite（最喜愛的）
❸ **f**ly（飛翔）
❹ a**f**ter（在～之後）
❺ be**f**ore（在～之前）
❻ lea**f**（葉片）

● 這些字母組合也發一樣的音！

重點提示＋ ff、ph、gh 也會發相同的音

字母組合 ph 和 gh 有時也會發 [f] 音。

❼ co**ff**ee（咖啡）
❽ di**ff**erent（不同的）
❾ **ph**otogra**ph**（照片）
❿ ne**ph**ew（姪子,外甥）
⓫ tele**ph**one（電話）
⓬ enou**gh**（足夠的）
⓭ lau**gh**（大笑；嘲笑）
⓮ tou**gh**（強韌的）

重點提示＋＋ 容易混淆的字母 f 和 h 的發音

儘管 f 和 h 的發音並不相同,可若沒有確實做出正確嘴型,就會使 [f] 和 [h] 的音變得難以分辨,一定要特別注意使用正確的發音方式。

⓯ **f**ood－**h**ood
　（食物－兜帽）
⓰ **f**oods－**wh**ose
　（多種食物－誰的）
⓱ **f**ool－**wh**o'll
　（傻瓜－誰會～）
⓲ **ph**one－**h**one
　（電話－磨練；鍛鍊）

forward [ˈfɔrwəd]

LESSON 2 | or ⟩⟩⟩ [ɔr]

● 發音方式

　　將 [ɔ] 及 [r] 兩個音流暢地連接起來，即是 [ɔr] 的發音。第一步先微微收攏雙唇，發出類似注音「ㄛ」的 [ɔ] 音，在發 [ɔ] 音的同時，舌尖逐漸向喉嚨內縮，發出的聲音便會隨之改變。在這個過程中，請注意舌尖不要接觸到嘴巴裡的任何地方。順道一提，在英式英語中的字母 r，只有出現在母音之前時才會發 [r] 音，如果是在單字結尾或子音後面出現的 r，通常不會發音，而是會直接只發 [ɔ] 的音。

● 發音訣竅

在發 [ɔ] 的音時，可以像在表達驚訝時發出「哦」那樣來發音，嘴型會比較突出、比較圓。

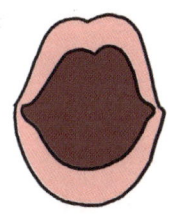

EXERCISE [ɔr]

1. 試著連續快速唸 10 次。
[ɔr] [ɔr] [ɔr] [ɔr] [ɔr] [ɔr] [ɔr] [ɔr] [ɔr] [ɔr]

2. 放慢速度唸 3 次。
[ɔ]―[r] [ɔ]―[r] [ɔ]―[r]

3. 結合 1 和 2，試著重複練習 5 次。
[ɔr] [ɔ]―[r]　[ɔr] [ɔ]―[r]　[ɔr] [ɔ]―[r]
[ɔr] [ɔ]―[r]　[ɔr] [ɔ]―[r]

● 內有 [ɔr] 這個音的單字

這裡先不必太過在意其他字母的發音,只專注於 [ɔr] 的正確發音就好。

❶ airp**or**t(機場)
❷ b**or**n(出生的;天生的)
❸ c**or**n(玉米)
❹ d**oor**(門)
❺ fl**oor**(樓層;樓地板)
❻ f**or**m(形狀;種類)
❼ f**or**ty(四十)
❽ h**or**se(馬)
❾ n**or**th(北方,北)
❿ **or**(或者;還是)
⓫ **or**der(訂單;訂購)
⓬ **or**ganic(有機的)
⓭ sh**or**t(短的;矮的)
⓮ sp**or**t(運動)
⓯ st**or**m(暴風雨;風暴)

● 這些字母組合也發一樣的音!

重點提示+ ore 也會發 [ɔr] 的音

⓰ bef**ore**(在~之前)
⓱ b**ore**(使厭煩;使無聊)
⓲ ch**ore**(家務;雜務)
⓳ expl**ore**(探索)
⓴ ign**ore**(忽視)
㉑ m**ore**(更多,更加)
㉒ sc**ore**(得分;分數)
㉓ sh**ore**(海岸)
㉔ st**ore**(商店)

forward [ˋfɔrwɚd]

LESSON 3 | w >>> [w]

發音方式

　　令人感到意外的是，有很多人會覺得 [w] 的發音很困難。在發 [w] 的音時，嘴唇須繃緊向內收攏，讓嘴型變成圓圓地向前突出，就像是要吹口哨似的。接著請從腹部用力來吐氣，用像要發出注音「ㄨ」的動作來發音，就可以發出類似輕聲「ㄨㄛ」般短促的音。發音時一定要出力控制嘴唇的動作。

發音訣竅

嘴唇收攏呈圓形，肚子用力、從喉嚨深處發聲。想像空氣在嘴唇前方小小地爆炸，試著用這個方法來發音！

EXERCISE [w]

1. 試著連續快速唸 10 次。
[w] [w] [w] [w] [w] [w] [w] [w] [w] [w]

2. 放慢速度唸 3 次。
[u]—[w] [u]—[w] [u]—[w]

3. 結合 1 和 2，試著重複練習 5 次。
[w] [u]—[w]　[w] [u]—[w]　[w] [u]—[w]
[w] [u]—[w]　[w] [u]—[w]

069

內有 [w] 這個音的單字

先不必在意其他字母的發音，只專注於 [w] 的正確發音就好。

① we（我們）
② well（好的；健全的）
③ win（贏得）
④ wine（葡萄酒）
⑤ way（路；方法）
⑥ window（窗戶）
⑦ swim（游泳）
⑧ wake（清醒）
⑨ watch（觀看；手錶）
⑩ wild（野生的）
⑪ wait（等待）
⑫ woman（女性）

LESSON ＋ | qu ⋙ [kw]

在這一課中，我們學會了 [w] 的發音，接下來就可以把前面已經學過的 [k]（p.37）拿來和 [w] 相結合，發出 [kw] 的音。

現在就來練習一下吧！在字母 q 的後面，字母 u 常會緊接著出現，因此記住字母組合 qu 會發成 [kw] 的音，對於未來判斷陌生單字的發音來說很有幫助。在從 [k] 變換到 [w] 時，可以想像嘴型會轉換成收攏狀。

內有 [kw] 的單字

⑬ equal（相等的；均等的）
⑭ quarter（四分之一；季度）
⑮ queen（皇后）
⑯ quiet（安靜的）
⑰ quit（戒除）
⑱ quiz（小考）

forward [ˈfɔrwɚd] 6

LESSON 4 | ar ≫ [ɑr(ɚ)]

※ 在 LESSON 4，我們將練習字母組合 ar 的發音，一般 ar 會發成 [ɑr] 的音；然而，由於「forward」這個字的重音在 for，因此 [ɑr] 的發音會弱化，發音的音標標記會是 [ɚ(ər)]。

● 發音方式

[ɑr] 的發音頗具英文特色。首先將嘴巴張大，喉嚨放鬆、發出「阿」的音。此時，舌頭應該是放鬆平貼的狀態。發出「阿」音的同時，輕輕將舌尖往喉嚨方向後縮，隨著舌頭向後移的動作，請注意音調會逐漸變成比較沉悶的感覺。順道提一下，在英式英文中 [ɑr] 的 [r] 不發音。

● 發音訣竅

只要放鬆舌頭並輕輕抬起舌尖，就可以輕鬆把舌尖稍微向內捲起來了！

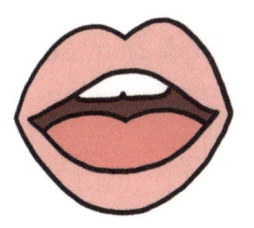

EXERCISE [ɑr] (ɚ)

1. 將 [ɑ] 與 [r] 連在一起唸唸看，重複練習 10 次。
   [ɑ] → [r] [ɑ] → [r]……

2. 試著連續快速唸 5 次。
   [ɑr] [ɑr] [ɑr] [ɑr] [ɑr]

3. 結合 1 和 2，試著重複練習 5 次。
   [ɑ] → [r] [ɑr]　　[ɑ] → [r] [ɑr]
   [ɑ] → [r] [ɑr]……

071

● 內有 [ɑr] 這個音的單字

先不用太過在意其他字母的發音，只要專注在 [ɑr] 的正確發音就好。

❶ are（是）
❷ arm（手臂）
❸ art（藝術）
❹ alarm（警報；鬧鐘）
❺ arch（拱門；拱形物）
❻ car（汽車）
❼ card（卡片）
❽ dark（暗的）
❾ far（遠的）
❿ farm（農場）
⓫ guitar（吉他）
⓬ hard（努力地；硬的）
⓭ large（大的）
⓮ park（公園）
⓯ party（派對）
⓰ shark（鯊魚）
⓱ smart（聰明的）
⓲ star（星星）

● 知道這一點很重要！

重點提示 + 在字尾時的 ar 發音

如果一個單字有兩個以上的音節，則非重音節的 [ɑr] 會弱化成 [ɚ] 的音（請參考中央母音 [ə] 的發音，p.23），也就是 forward 中 [ɑr(ɚ)] 的發音。

⓳ sugar（糖）
⓴ dollar（美元）
㉑ regular（規律的；一般的）
㉒ vinegar（醋）
㉓ similar（類似的）
㉔ grammar（文法）
㉕ calendar（行事曆）
㉖ familiar（熟悉的）
㉗ spectacular（壯觀的）

SAY!

[forward]

前面我們已經學過正確的發音了,現在就練習把這些發音串連起來說說看吧。

請試著將 [f]、[ɔr]、[w]、[ɑr(ɚ)]、[d] 這五個音連接起來發音吧。

❶ **[f] + [ɔr]** =聽起來和單字 for[fɔr] 的發音一樣。
❷ **[fɔr] + [w]** =嘴型收攏成圓形,發出 [fɔrwə] 的聲音。
❸ **[fɔrw] + [ɑr(ɚ)]** =聽起來像 [fɔrwɚ]。
❹ **[fɔrwɚ] + [d]** =加上最後字母 d 的音,
　　　　　　就是 forward 的正確發音 [fɔrwɚd]!

現在就來練習有用到 forward 的一些例句吧。

1. Move forward!(往前!)
2. I look forward to your reply.(我期待你的回覆。)
3. Can you forward this email to me?
  (你可以把這封電子郵件轉寄給我嗎?)
4. He plays as a forward on the soccer team.
  (他在這支足球隊中擔任前鋒。)
5. She took a step forward to start her new life.
  (她向前踏出了一步,開始了新的生活。)
6. The company is moving forward with new technology.
  (這間公司利用新技術不斷進步。)
7. The train moved forward slowly.(這列火車前進得很慢。)
8. He leaned forward to get a better view.
  (他向前傾身以便看得更清楚。)

CHAPTER

7

hundred

[ˈhʌndrəd]

LESSON 1 [h] →P.31 [ʌ] →P.57 [n] →P.59 [d]

LESSON 2 [r] LESSON 3 [ɛ(ə)] →P.59 [d]

　　hundred 做為名詞時的意思是「100」。由於是數字，因此可以與不同的單位一起使用，如數量、年代、百分比等等。比如「限量 100 個的版本」是「100 units limited edition」、「100 週年紀念」是「100th anniversary」。在熟悉 hundred 的發音之後，也可以試著掌握年代或數字的讀法。

hundred [ˈhʌndrəd] 7

LESSON 1 | h ››› [h]

● 發音方式

[h] 是「氣音」的一種，發音時可以想像「覺得冷，想要暖手而『呵──』地呼氣」的情景。[h] 音就類似這種「呵──」般只有氣息的聲音。用力呼出氣來，但必須小心不要振動到聲帶而發出像「赫」的這種聲音，請確保發音時只發出聲帶不振動的氣音就好。

● 發音訣竅

用力呼出「呵──」的氣音。可以將手放在嘴巴前方，確認吐出的氣足夠。

EXERCISE [h]

1. 將衛生紙放在嘴巴前面，試著發出 [h] 音。檢查看看衛生紙有動嗎？
   → 衛生紙應該要動才是對的，如果沒有動，請按照上述發音說明，調整發音位置，再唸唸看。

2. 用正確的音快速重複唸 10 次。如果面紙被大力吹動，那發音就正確了。
   [h] [h] [h] [h] [h] [h] [h] [h] [h] [h]

075

● 內有 [h] 這個音的單字

這裡先不用太過在意其他字母的發音，專注在 [h] 的正確發音就好。

❶ **h**alf（一半）
❷ **h**and（手）
❸ **h**appen（發生）
❹ **h**ear（聽）
❺ **h**it（打）
❻ **h**ot（熱的）
❼ **h**ow（如何；怎麼）
❽ a**h**ead（向前；預先）
❾ alco**h**ol（酒精；含酒精飲料）
❿ be**h**ave（舉止，行為表現）
⓫ be**h**ind（在～後面）
⓬ per**h**aps（也許）

● 知道這一點很重要！

重點提示＋ 字母組合 wh 也會發 [h] 的音？

字母組合 wh 有時也會發 [h] 音。練習時要注意自己有像呼氣一樣發出 [h] 的氣音。

⓭ **wh**o（誰）
⓮ **wh**ose（誰的）

重點提示＋＋ 不發音的 h

有一些語源來自其他語言的英文單字，裡面的字母 h 不發音。這種不發音的 h 被稱為「無聲字母」。

⓯ **h**our（小時）
⓰ **h**onor（榮譽）
⓱ **h**onest（誠實）

hundred [ˈhʌndrəd]

LESSON 2 | r ⟫ [r]

● 發音方式

與注音中的「ㄖ」不同，發 [r] 音時的舌尖不會接觸到嘴巴裡的其他任何地方。

建議大家在練習的時候，先將舌尖輕貼上排門牙內側，邊發出類似「拉（[rɑ]）」的聲音，邊逐漸將舌尖向後移動，直到舌尖再也無法往後移，這個位置就是發 [r] 音時的舌頭位置，接著保持舌尖不碰到其他任何地方的狀態，發出類似注音「ㄦ」的音，發出來的聲音應該會有點悶悶的，這個音就是 [r] 的基本發音。

● 發音訣竅

舌頭的位置是正確發音的關鍵。發音時須將整條舌頭向後縮，並維持舌尖不接觸口內上下左右任何部位的狀態。

EXERCISE [r]

1. 試著連續快速唸 10 次。
[r] [r] [r] [r] [r] [r] [r] [r] [r] [r]

2. 嘴型收攏變圓並向前突出，重複練習 10 次。
[rɑ] [rɑ] [rɑ] [rɑ] [rɑ] [rɑ] [rɑ] [rɑ] [rɑ] [rɑ]

3. 試著拉長音持續 5 秒鐘。
[r]───── [r]───── [r]───── ……

077

● 內有 [r] 這個音的單字

在此先不必在意其他字母的發音，讓我們專注於 [r] 的正確發音吧。

❶ already（已經）
❷ experience（經驗）
❸ favorite（最喜歡的）
❹ parents（父母）
❺ period（期間）
❻ read（閱讀）
❼ red（紅色；紅色的）
❽ rest（休息）
❾ return（返回；退回）
❿ story（故事）

● 這些情況要注意！

重點提示＋ 當字母 r 出現在單字字尾時，發音方式完全不同！

當字母 r 出現在單字字尾，或是後面沒有母音時，發音方式完全不同。雖然嘴型仍和基本發音的 [r] 相同，但會是整條舌頭都向喉嚨方向縮回。

⓫ doctor（醫生）
⓬ door（門）
⓭ remember（記得）
⓮ river（河流）
⓯ ruler（尺）

重點提示＋＋ 注意！發音時不要「用力捲舌」！

[r] 是英文中最具代表性的發音之一。然而，如果你認為 [r] 的發音方式就是「捲舌音」，那可得小心了，因為如果發音時捲舌，則舌尖可能會碰到上方的牙齦，而發出不對的 [r] 音。

在發正確的 [r] 音時，必須注意維持唇部微微收攏呈圓形並稍微向前突出的狀態，且舌尖不應碰到口腔內的任何其他部位。

hundred [ˈhʌndrəd]

LESSON 3 | e ≫ [ɛ(ə)]≪

※字母 e 的發音通常是 [ɛ]，但 hundred 這個單字的重音落在了 hun 的上面，導致非重音的 [ɛ] 音弱化，因而變成了 [ə] 音。我們在這裡練習的是字母 e 的基本發音 [ɛ]。

● 發音方式

[ɛ] 這個音發起來有點像注音「ㄝ」，但如果想要讓發音更道地，關鍵就是要有意識地將嘴角向左右拉開，以微笑的嘴型來發出 [ɛ] 的聲音，這時舌頭要放鬆，下顎要保持在自然的位置。請對著鏡子練習，並有意識地將嘴角上揚。

● 發音訣竅

試著用比想像中要用的力還要大兩倍的力量拉開嘴角，大大地微笑著發音看看，會更容易發出正確的 [ɛ] 喔！

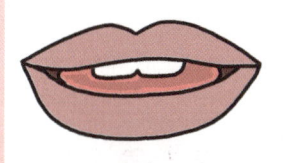

EXERCISE [ɛ]

1. 試著連續快速唸 10 次。
[ɛ] [ɛ] [ɛ] [ɛ] [ɛ] [ɛ] [ɛ] [ɛ] [ɛ] [ɛ]

2. 音拉長一點，一次持續 5 秒鐘。
[ɛ]━━━━━

3. 結合 1 和 2，試著重複練習 5 次。
[ɛ] [ɛ]━━━━━ [ɛ] [ɛ]━━━━━ ……

079

● 內有 [ɛ] 這個音的單字

在此先不必在意其他字母的發音，讓我們專注在 [ɛ] 的正確發音上就好。

① egg（蛋）
② attention（注意；注意力）
③ bed（床）
④ nest（巢）
⑤ pepper（胡椒）
⑥ pet（寵物）
⑦ rest（休息）
⑧ September（九月）
⑨ tent（帳篷）
⑩ wedding（婚禮）
⑪ wet（潮濕的）

> 反覆練習 ①~⑪ 三次之後，有沒有覺得臉頰和嘴角都快要肌肉酸痛了呢？

● 這些字母組合也發一樣的音！

重點提示＋ 字母組合 ea / ai 也會發 [ɛ] 的音

ea	⑫ bread（麵包） ⑬ breath（呼吸） ⑭ dead（死亡的） ⑮ head（頭） ⑯ instead（做為替代；而不是） ⑰ spread（擴散） ⑱ sweat（汗水） ⑲ thread（線） ⑳ weather（天氣）
ai	㉑ said（說（過去形））

SAY!
[hundred]

現在我們已經學會正確的發音了,接下來就試著將 [h]、[ʌ]、[n]、[d]、[r]、[ə]、[d] 這七個音串連起來唸唸看吧。

❶ [h] + [ʌ] = 從腹部深處發出類似「呵」的音,穩定地呼氣。
❷ [hʌ] + [n] = 聽起來會像是「哼」的音。
❸ [hʌn] + [d] = 注意最後的 [d] 的音。
❹ [hʌnd] + [r] = 發 [r] 的時候,舌尖不要碰到其他任何地方!
❺ [hʌndr] + [ə] = [r] 音接續一個 [ə] 音(放輕鬆發音就好!)。
❻ [hʌndrə] + [d] = 最後加上 [d], hundred 的正確發音 [ˋhʌndrəd] 就完成了。

現在就來練習有用到 hundred 的一些例句吧。

1. Let's count to a hundred.(我們數到 100 吧。)

2. I have only one hundred yen right now.
   (我現在只有 100 日圓。)

3. I am one hundred percent sure that I locked the door before leaving.(我百分之百確定我在離開前有鎖門。)

4. He scored a perfect hundred on the test for the first time.(他第一次在那項考試裡拿到了滿分 100 分。)

5. Hundreds of people would line up for that ticket.
   (會有數百人為了那個票去排隊。)

6. I will live to be a hundred.(我會活到 100 歲。)

7. Water boils at hundred degrees Celsius.
   (水會在攝氏 100 度時沸騰。)

8. I have seen that film hunreds of times.
   (我已經看那部電影看過幾百遍了。)

CHAPTER 8
problem
[ˈprɑbləm]

LESSON 1 [p] →P.77 [r]　LESSON 2 [ɑ]
LESSON 3 [b] →P.49 [l] →P.23 [ə] →P.25 [m]

「problem」有「問題；習題；困難的情況」等意思。在日常對話中經常會用「No problem.（沒問題；沒關係）」來回應別人所說的「謝謝」。雖然「You are welcome.（不客氣）」的說法也很常見，但如果能靈活運用這兩種說法，你的回應方式就會更道地。

problem [ˈprɑbləm]

LESSON 1 | p ⟫ [p]

● 發音方式

發 [p] 音時嘴唇要緊閉，上下唇緊密貼合後迅速分開，同時腹部用力，就像從肚子深處用力吐出氣，或是想要把西瓜籽吐得更遠般地用力吐氣。練習的時候可以在嘴巴前面放一張衛生紙，如果衛生紙能被你吐出的氣掀翻，那就對了。

[p] 音要發得正確，關鍵在於吐氣而不振動聲帶發出聲音。吐氣時把手輕放在喉嚨上，若感覺到震動，那就表示你的發音方式是錯的，因為你已經振動到聲帶了，而 [p] 是無聲的音，所以喉嚨不應有任何震動。

● 發音訣竅

把雙唇牢牢閉緊，鼓足足夠的氣，然後強而有力地吐出氣來。

EXERCISE [p]

1. 在嘴巴前面放一張衛生紙，接著試著用吐出的氣讓衛生紙掀起超過 90 度。

2. 試著連續快速唸 10 次。
[p] [p] [p] [p] [p] [p] [p] [p] [p] [p]

083

● 內有 [p] 這個音的單字

先不必太過在意其他字母的發音，只要把注意力放在 [p] 的正確發音上就好。

① **p**lan（規劃；計畫）
② **p**o**p**ular（受歡迎的；流行的）
③ **p**ositive（肯定的；正向的）
④ **p**ractice（練習）
⑤ im**p**ortant（重要的）
⑥ ca**p**ture（捕捉）
⑦ com**p**uter（電腦）
⑧ develo**p**（發展；開發）
⑨ sou**p**（湯）
⑩ friendshi**p**（友情）

● 這些字母組合也發一樣的音！

重點提示＋ 字母組合 pp 也發 [p] 的音

單字中出現字母組合 pp 時，只會發出一次 [p] 的音！

⑪ a**pp**lication（應用；申請）
⑫ a**pp**eal（吸引力；訴諸）
⑬ a**pp**ear（出現）
⑭ a**pp**oint（指派）
⑮ ha**pp**en（發生）
⑯ ha**pp**y（快樂的）
⑰ o**pp**ose（反對；反抗）
⑱ pe**pp**er（胡椒）
⑲ su**pp**ly（供應）
⑳ su**pp**ort（支援；支持）

problem [ˋprɑbləm]

LESSON 2 | o ⟫ [ɑ]

發音方式

在發 [ɑ] 音時,要把嘴巴大大張開、從喉嚨深處發出類似注音「ㄚ」的音。這個音發起來帶有些微低沉厚重感,像是混合了注音「ㄛ」和「ㄚ」的音。雖然是字母 o 的發音,但唸起來的音其實更接近注音「ㄚ」而非「ㄛ」。發 [ɑ] 音時不用太過緊繃,放輕鬆發就好。

順道一提,因為出身地區的不同,有些英國人發的 [ɑ] 聽起來會更接近注音「ㄛ」的音,但我們在這裡要練習的還是更接近注音「ㄚ」的 [ɑ] 音。

發音訣竅

嘴巴張大,關鍵在於要開到能塞進兩根手指的寬度,一開始的嘴型看起來會像是要打哈欠的樣子。

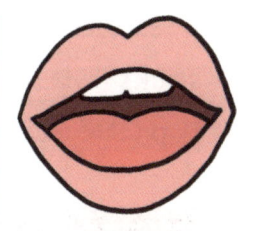

EXERCISE [ɑ]

1. 試著連續快速唸 10 次。
[ɑ] [ɑ] [ɑ] [ɑ] [ɑ] [ɑ] [ɑ] [ɑ] [ɑ] [ɑ]

2. 音拉長一點,一次持續 5 秒鐘。
[ɑ]-----

3. 結合 1 和 2,試著重複練習 5 次。
[ɑ] [ɑ]----- [ɑ] [ɑ]-----
......

085

● 內有 [ɑ] 這個音的單字

不要被字母 o 誤導，一定要記得 [ɑ] 是接近注音「ㄚ」而非「ㄛ」的發音。

在此不必太過在意其他字母的發音，只要專注於 [ɑ] 的正確發音就好。

❶ **o**ctopus（章魚）
❷ **o**pportunity（機會）
❸ b**o**x（箱子）
❹ d**o**cument（文件）
❺ f**o**llow（跟隨）
❻ h**o**t（熱的）
❼ j**o**g（慢跑）
❽ n**o**t（不是）
❾ p**o**ssible（可能的）
❿ s**o**cks（短襪）
⓫ t**o**p（頂端；上方）

● 這些字母組合也發一樣的音！

重點提示＋ 字母 a 也可能會發 [ɑ] 的音

⓬ w**a**nt（想要）
⓭ w**a**sh（清洗）
⓮ w**a**tch（觀看；手錶）

problem [ˈprɑbləm]

LESSON 3 | b ⟫ [b]

發音方式

　　發 [b] 音時的上下嘴唇，會從緊閉貼合的狀態迅速分開，同時腹部用力，從肚子深處吐出氣來，可以想像成是要把西瓜籽吐得更遠般地用力吐氣。到這裡為止都與 [p] 的發音方式相同，不同之處在於發 [b] 音時要振動聲帶來發出聲音（也就是發有聲音）。[b] 音聽起來與注音的「ㄅ」很相似，發音時將手放在喉嚨上，如果有感覺到震動，那就表示發對了。

發音訣竅

關鍵在於一開始嘴巴一定要是緊閉的狀態，練習時可以在嘴巴前方放一張衛生紙，確認自己有沒有吐出足以讓衛生紙飄動的氣流。

EXERCISE [b]

1. 在嘴巴前面放一張衛生紙，試著讓衛生紙被你吐出來的氣流吹動。

2. 試著連續快速唸 10 次。
[b] [b] [b] [b] [b] [b] [b] [b] [b] [b]

● 內有 [b] 這個音的單字

在此先專注於 [b] 的正確發音,不用太過在意其他字母的發音。

❶ **b**aby（嬰兒）
❷ **b**all（球）
❸ **b**eautiful（美麗的）
❹ **b**ig（大的）
❺ **b**ook（書）
❻ **b**reakfast（早餐）
❼ ro**b**ot（機器人）
❽ sym**b**ol（象徵；符號）

● 知道這一點很重要！

重點提示＋ 在單字結尾出現的 [b]，幾乎聽不到

當字母 b 位於單字字尾時,就會幾乎聽不見 [b] 的音。唸這些單字時,字尾 b 的發音只要輕輕點到為止就好。重點在於要把字尾 b 之前的母音發得很清楚,這樣單字的發音就能更容易收在子音上。

❾ bathtu**b**（浴缸）
❿ clu**b**（俱樂部）
⓫ su**b**（替代品）
⓬ ta**b**（分頁標籤；衣襟）

重點提示＋＋ 可省略破裂音

當字母 b 位於單字中間時,雙唇破裂音的 [b] 有時會被省略,也就是閉上嘴巴不吐氣,直接略過 [b] 到下一個發音。

⓭ ro**bb**ed（被搶奪的）
⓮ we**b** page（網頁）

088

SAY! [problem]

現在我們已經學過正確的發音了,接下來就把之前學過的音串連起來,試著連貫地唸出 [p]、[r]、[ɑ]、[b]、[l]、[ə]、[m] 這七個音吧。

❶ [p]＋[r]＝聽起來會像注音「ㄆ」和「ㄖ」連在一起的感覺。

❷ [pr]＋[ɑ]＝尾巴多加一個近似注音「ㄚ」的音,發成 [prɑ]。

❸ [prɑ]＋[b]＝發成 [prɑb],記得發到 [b] 音時要簡短有力。

❹ [prɑb]＋[l]＝聽起來會像 [prɑbə] 的感覺。

❺ [prɑbl]＋[ə]＝會發成 [prɑblə] 的音,發 [ə] 的時候要放鬆,不要用力。

❻ [prɑblə]＋[m]＝最後輕輕閉唇,把字尾加上 [m] 的音,problem 的發音就完成了!

現在就來練習有用到 problem 的一些例句吧。

1. No problem!(沒問題!)

2. What's the problem?(問題出在哪?)

3. This is a difficult problem.(這是一個棘手的問題。)

4. There's a problem with this printer.(這台印表機有問題。)

5. Do you have a problem with that?(你對那個有什麼問題嗎?)

6. That's not my problem.(那不是我的問題。)

7. Father:　　Is there a problem? You seem worried.
　　　　　　　(有什麼問題嗎?你看起來很煩惱。)

　　Daughter:　I have a math test tomorrow.
　　　　　　　(我明天有數學考試。)

　　Father:　　That's not a problem. I can help you tonight to make sure you're ready.
　　　　　　　(那不是什麼問題。我今晚可以幫妳做好準備。)

CHAPTER

9
rejoice

[rɪˋdʒɔɪs]

→P.77 [r]　→P.55 [ɪ]　LESSON 1 [dʒ]　LESSON 2 [ɔɪ]
→P.21 [s]

好棒！　恭喜　太好了

　　rejoice 的意思是「高興；慶祝」，這個字較為正式，通常會出現在婚禮等正式的喜慶場合，也常會用在詩句或歌詞之中。
　　字首「re」用來強調「joy（喜悅）」，所以這個字直譯就是「非常喜悅」的意思。讓我們用正確的發音來表達這份喜悅吧。

rejoice [rɪˋdʒɔɪs]

LESSON 1 | j ⟫ [dʒ]

● 發音方式

　　[dʒ] 的發音聽起來和注音「ㄐ」有點像，但發音方式完全不同。一開始先收攏嘴唇、嘴型圓圓地向前突出，看起來就像卡通裡的章魚一樣，這時上下牙齒輕輕合攏。舌頭一開始會貼在上排牙齒的牙齦根部，確認位置正確後，在吐氣的同時迅速放開舌頭，聲帶振動發出帶有氣流的音。如果只吐氣而不振動聲帶，發出的音會變成 [tʃ]（p.41）。記得發音時嘴唇要收攏並向前突出，嘴型正確可以讓發音更道地。

● 發音訣竅

注意不要把嘴唇過度收攏到閉合的程度，應該要維持能放進一根小指的空間，確保空氣可以順利通過。

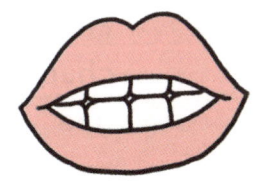

EXERCISE [dʒ]

1. 試著連續快速唸 10 次。
[dʒ] [dʒ] [dʒ] [dʒ] [dʒ] [dʒ] [dʒ] [dʒ] [dʒ] [dʒ]

2. 音拉長一點，一次持續 5 秒鐘。
[dʒ]-----

091

● 內有 [dʒ] 這個音的單字

在此我們先把重點放在 [dʒ] 的正確發音上,不必太過在意其他字母的發音。

① **J**apan(日本)
② **j**aw(下巴)
③ **j**azz(爵士樂)
④ **j**ob(工作)
⑤ **j**oint(關節;連接的;聯合的)
⑥ **j**oy(喜悅)
⑦ **j**ug(水罐)
⑧ **j**uice(果汁)
⑨ ma**j**or(主要的;主修)
⑩ en**j**oy(享受)
⑪ re**j**ect(拒絕)

● 這些字母組合也發一樣的音!

重點提示+ 字母組合 ge / dge 也會發 [dʒ] 的音

ge
⑫ a**ge**(年齡)   ⑬ ca**ge**(籠子)
⑭ chan**ge**(變化)   ⑮ dan**ge**rous(危險的)
⑯ **ge**e((表驚嘆)哇) ⑰ **ge**neration(世代)
⑱ **ge**nius(天才)   ⑲ pa**ge**(頁面)
⑳ ra**ge**(盛怒)   ㉑ villa**ge**(村莊)
㉒ wa**ge**(薪資;報酬)

dge
㉓ ba**dge**(徽章;識別證) ㉔ bri**dge**(橋)
㉕ fri**dge**(冰箱)   ㉖ fu**dge**(奶油軟糖)
㉗ he**dge**(樹籬)   ㉘ ju**dge**(法官)
㉙ lo**dge**((活動用的)小屋) ㉚ ple**dge**(誓約)

rejoice [rɪˋdʒɔɪs]

LESSON 2 | oi ⟩⟩⟩ [ɔɪ]

● 發音方式

[ɔɪ] 其實是將 [ɔ] 和 [ɪ] 兩個母音流暢地連接在一起來唸的音。[ɔ] 要發得較長而強烈，[ɪ] 則像附加般地輕輕跟在 [ɔ] 之後，不要中斷、一氣呵成地發出 [ɔɪ] 的音。

在發 [ɔ] 時，嘴巴要打得比較開一點，嘴唇收攏並向前突出。從 [ɔ] 連到 [ɪ] 的時候，絕對不能有中斷感，所以嘴型變化的過程非常重要。要小心不要發成「[ɔ]」、「[ɪ]」這樣分開的兩個音。

● 發音訣竅

在發 [ɔ] 時嘴唇要用力收攏和突出，但發到 [ɪ] 時要立刻放鬆嘴唇。

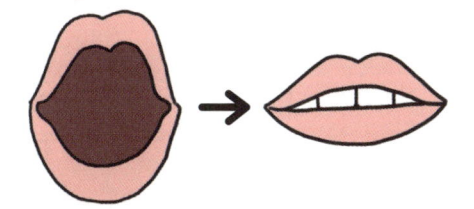

EXERCISE [ɔɪ]

1. 試著感受 [ɔ] 和 [ɪ] 連音的過程，慢慢唸 10 次。
[ɔ]~[ɪ]　[ɔ]~[ɪ]　[ɔ]~[ɪ]　[ɔ]~[ɪ]　[ɔ]~[ɪ]
[ɔ]~[ɪ]　[ɔ]~[ɪ]　[ɔ]~[ɪ]　[ɔ]~[ɪ]　[ɔ]~[ɪ]

2. 試著連續快速唸 10 次。
[ɔɪ] [ɔɪ] [ɔɪ] [ɔɪ] [ɔɪ] [ɔɪ] [ɔɪ] [ɔɪ] [ɔɪ] [ɔɪ]

● **內有 [ɔɪ] 這個音的單字**

　　這裡先不必太過在意其他字母的發音，專注在 [ɔɪ] 的正確發音上就好。

① oil（油）
② oink（豬的叫聲）
③ boil（沸騰，煮沸）
④ choice（選擇）
⑤ coin（硬幣）
⑥ join（加入）
⑦ noise（噪音）
⑧ point（尖端；（時間或空間的）一點）
⑨ toilet（馬桶）
⑩ voice（嗓音）

● **這些字母組合也發一樣的音！**

重點提示＋ 字母組合 oy 也會發 [ɔɪ] 的音

⑪ annoy（煩擾；使生氣）
⑫ boy（男孩）
⑬ corduroy（燈芯絨）
⑭ deploy（部署）
⑮ destroy（破壞）
⑯ employ（雇用）
⑰ enjoy（享受）
⑱ flamboyant（華麗的；浮誇的）
⑲ foyer（門廳，玄關）
⑳ joy（喜悅）
㉑ loyal（忠誠的）
㉒ oyster（牡蠣）
㉓ ploy（計謀）
㉔ soybean（黃豆）
㉕ toy（玩具）
㉕ voyage（航行，航海）

boy 玩著 toy，enjoy ~♪

SAY!
[rejoice]

前面我們已經學過正確的發音了,現在就練習把這些發音串連起來說說看吧。

請試著將 [r]、[ɪ]、[dʒ]、[ɔɪ] 和 [s] 這五個音連在一起發音看看吧。

❶ **[r]** + **[ɪ]** =一開始嘴巴收攏成像要發注音「ㄨ」的樣子,發 [rɪ] 音。
❷ **[rɪ]** + **[dʒ]** =變成 [rɪdʒ] 的音,請注意最後的 [dʒ] 是有聲的音。
❸ **[rɪdʒ]** + **[ɔɪ]** =變成 [rɪdʒɔɪ],最後的 [ɪ] 雖然短促,但仍要完整發音。
❹ **[rɪdʒɔɪ]** + **[s]** =加上 [s] 變成完整的 **rejoice**[rɪdʒɔɪs] 發音。請注意字尾的 [s] 是氣音,因為後面沒有母音,所以單純只是 [s] 的音。

現在就來練習有用到 **rejoice** 的一些例句吧。

1. The entire country was filled with rejoicing as the national team won the championship.
(隨著國家隊奪冠,全國上下都歡欣鼓舞。)

2. Citizens rejoiced at the news that a new park would be built in the city. (市民們因為市內將會興建新公園的消息而開心。)

3. Fans rejoiced when their team won the championship after years of waiting.
(球迷們非常開心他們的球隊在多年的等待後終於奪冠了。)

4. I rejoiced to see all my friends and family together for this special occasion.
(我很高興看到我所有的朋友和家人們一同出席這個特別的場合。)

5. Researchers rejoiced at the discovery of a new species of plant. (研究人員因為發現新種類的植物而感到欣喜。)

CHAPTER 10
engaged
[ɪn`gedʒd]

→P.55 [ɪ] →P.57 [n] LESSON 1 [g] LESSON 2 [e]
→P.91 [dʒ] →P.59 [d]

　　engaged 這個字有「（與～）已訂婚的；使用中的；被占用的；全神貫注忙於～的」以及「從事～的」等多種意思。
　　engage 這個字源自法語，意指「誓約」，後來衍生出「從事；參與」等的多重含義，例如「訂婚戒指」的英文就是 an engagement ring。

engaged [ɪnˋgedʒd] **10**

LESSON 1 | g ﹥﹥﹥ [g]

● 發音方式

　　在發 [g] 音時會輕輕張開嘴巴，並利用舌根抵住上顎來發音。類似於漱口在漱喉嚨時所發出的「咕嚕」聲，漱喉嚨時會用喉嚨控制水流，[g] 的發音就是用到了這個部位。

　　跟發 [k]（p.37）時一樣，發 [g] 時會將氣流集中在舌根處，然後再瞬間釋放氣流。不過和 [k] 不同的是，在發 [g] 音時會振動聲帶發出聲音。請試著從喉嚨深處發出類似注音「ㄍ」的聲音，[g] 的發音要正確，關鍵在於要確實振動聲帶來發音，發音時可以用手觸摸喉嚨，如果有感覺到震動，那就沒問題了。

● 發音訣竅

用舌根牢牢堵住氣流，當你將蓄積的氣流瞬間釋放時，必須振動聲帶來發出聲音，這點非常重要。

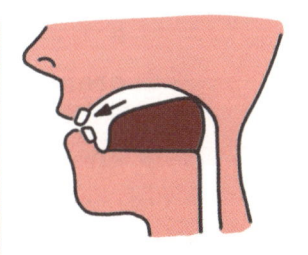

EXERCISE [g]

1. 試著利用注音「ㄍ」的發音方式來練習。

2. 請連續快速唸 10 次。
[g] [g] [g] [g] [g] [g] [g] [g] [g] [g]

097

● 內有 [g] 這個音的單字

在此先不必太過在意其他字母的發音，只要專注於 [g] 的正確發音即可。

❶ game（遊戲）　　❷ go（去）
❸ great（很棒的；偉大的）　❹ guitar（吉他）
❺ pregnant（懷孕的）　❻ ugly（醜陋的）
❼ again（再一次）　　❽ angry（生氣的）
❾ big（大的）　　❿ flag（旗幟）

● 知道這一點很重要！

重點提示＋ 字母 g 的發音與其後的字母組合息息相關

g 的後面緊接 e / i / y 等字母時，會發 [dʒ] 的音（p.91）。

ge	⓫ age（年齡）　⓬ gentle（溫柔的） ⓭ orange（柳橙）
gi	⓮ engine（引擎）　⓯ giraffe（長頸鹿） ⓰ giant（巨大的）
gy	⓱ allergy（過敏）　⓲ energy（能量） ⓳ gym（健身房；體育館）　⓴ strategy（策略）

※不過，以上發音規則並非絕對，還是會有例外，常見的例子有 target、girl、give 等字，這些單字中的字母 g 發 [g] 音，而不是 [dʒ] 音，請特別注意。

engaged [ɪn`gedʒd]

LESSON 2 | a ≫ [e]

● 發音方式

發 [e] 的音時，首先會像微笑般揚起嘴角並放鬆下巴，做出 [ɛ] 的嘴型。舌頭保持放鬆，連續發出 [ɛ] 和 [ɪ] 的音，其中 [ɪ] 的音要發得像輕輕帶過般地輕柔流暢。在發 [ɪ] 的音時，嘴巴張開的大小不變，請試著保持嘴角向兩側揚起的狀態來發音。如果平常講話時的嘴巴動作很小，現在請特別注意嘴巴的動作，發音時盡量讓嘴型動作更大更明顯。

● 發音訣竅

在連續發 [ɛ] 和 [ɪ] 的音時，嘴型要誇張一點，但在發 [ɪ] 音的時候，嘴巴可以放鬆一點。

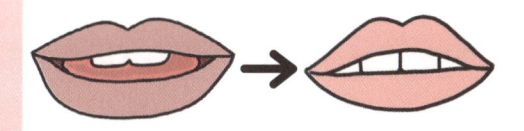

EXERCISE [e]

1. 看著鏡子觀察發 [e] 時的嘴部動作。

2. 慢慢地分段唸 10 次。
   [ɛ]—[ɪ] [ɛ]—[ɪ] [ɛ]—[ɪ] [ɛ]—[ɪ] [ɛ]—[ɪ]
   [ɛ]—[ɪ] [ɛ]—[ɪ] [ɛ]—[ɪ] [ɛ]—[ɪ] [ɛ]—[ɪ]

3. 試著連續唸 10 次。
   [e] [e] [e] [e] [e] [e] [e] [e] [e] [e]

● 內有 [e] 這個音的單字

在此先不必太過在意其他字母的發音，只要專注於 [e] 的正確發音就好。

❶ b**a**ke（烘烤）　　　❷ br**a**ke（煞車）
❸ c**a**ke（蛋糕）　　　❹ fl**a**ke（薄片）
❺ m**a**ke（製作）　　　❻ qu**a**ke（顫抖；地震）
❼ sh**a**ke（搖動）　　　❽ sn**a**ke（蛇）
❾ st**a**ke（樁子；股份；利害關係）　❿ t**a**ke（拿取）

● 這些字母組合也發一樣的音！

重點提示＋ 字母組合 ai / ay 也會發 [e] 的音

其實最常發 [e] 音的是字母組合 ai。

ai	⓫ **ai**d（援助）　⓬ **ai**m（目標）　⓭ br**ai**n（大腦） ⓮ ch**ai**n（鎖鏈；連鎖）　⓯ m**ai**n（主要的） ⓰ p**ai**n（疼痛）　⓱ p**ai**nt（塗漆；著色） ⓲ r**ai**n（雨）　⓳ t**ai**l（尾巴）　⓴ tr**ai**n（火車） ㉑ w**ai**t（等待）
ay	㉒ d**ay**（天；白日）　㉓ gr**ay**（灰色）　㉔ l**ay**（放置） ㉕ pr**ay**（祈禱）　㉖ s**ay**（說）　㉗ st**ay**（停留） ㉘ tr**ay**（托盤）　㉙ w**ay**（方法）

重點提示＋＋ 當單字字尾是 e 時，發音會改變

當單字字尾是 e 時，夾在子音之間的母音會用其「字母讀音」來讀（請參考本書「讓英文更好懂的發音方法」的內容）。

SAY! [engaged]

現在我們已經學會正確的發音了,接著就練習把這些發音串連起來說說看吧。請將 [ɪ]、[n]、[g]、[e]、[dʒ] 和 [d] 這六個音連接起來發音看看。

❶ [ɪ] + [n] =發音會變成類似「一ㄣ」的 [ɪn]。
❷ [ɪn] + [g] =在 [ɪn] 之後加上 [g],發音為 [ɪng]。
❸ [ɪng] + [e] =順暢連接成 [ɪnge],請特別注意 [g] 和 [è] 在連音時不能出現中斷。
❹ [ɪnge] + [dʒ] =發音為 [ɪngedʒ]。
❺ [ɪngedʒ] + [d] =重音落在發 [e] 音的字母 a 上,所以會發成 [ɪn`gedʒd]。

現在就來練習有用到 **engaged** 的一些例句吧。

1. I'm engaged in work tomorrow, so I've asked someone to help at home.(我明天工作會很忙,所以我已經請人來家裡幫忙了。)

2. She got engaged on her birthday.(她在自己生日那天訂婚了。)

3. I am happy to hear that you are engaged.
   (我很高興聽到你訂婚了。)

4. I am engaged in studying for my exams.
   (我正忙著念書準備考試。)

5. The professor is engaged in research on climate change.
   (這位教授投入於氣候變遷的研究。)

6. The students are engaged in volunteer work to help the local community.(這些學生們參加了志工工作以幫助當地社區。)

CHAPTER 11
leadership
[ˋlidɚʃɪp]

→P.49 [l]　→P.61 [i]　→P.59 [d]　LESSON 1 [ɚ]

LESSON 2 [ʃ]　→P.55 [I]　→P.83 [p]

　　leadership 的意思是「領導；領導者的地位」，也可以是指「領導才能，領導力」或「領導階層」。這個字起源於古英語，意思是「帶領者」，並從「帶領者」的核心概念延伸出其他語意。

leadership [ˈlidɚˌʃɪp] 11

LESSON 1 | er ≫ [ɚ]

● 發音方式

　　如果能準確發出 [ɚ] 的音，就能讓你的英文發音更加道地。一開始先放鬆並微微張開嘴巴、維持下顎自然向下的狀態，振動聲帶、從喉嚨深處發出一個將 [ə] 和 [r] 連接在一起的有聲音，也就是 [ɚ] 的音。這個音雖然聽起來比較短促，但仍清晰可聞。在此同時，舌尖輕輕往喉嚨方向收回。如果感覺聲音逐漸變得沉悶，那就代表你的發音動作正確。這個音若是出現在重音節裡，則會標示為 [ɝ]。順道一提，如果是英式英文，在母音之後出現的 [r] 音不發音。

● 發音訣竅

在將舌頭往喉嚨方向收回時，舌頭要避免碰到上顎。不必將舌頭整個用力捲起，只須稍微往後勾起收回即可。

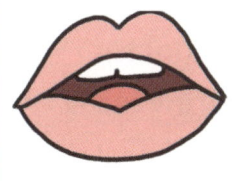

EXERCISE [ɚ]

1. 試著將 [ə] 和 [r] 連在一起發音，請重複 10 次。
[ə]—[r] [ə]—[r] [ə]—[r] [ə]—[r] [ə]—[r]
[ə]—[r] [ə]—[r] [ə]—[r] [ə]—[r] [ə]—[r]

2. 慢慢發 5 次完整的 [ɚ] 音。
[ɚ]———— 　[ɚ]————

3. 結合 1 和 2，試著重複練習 5 次。
[ə]—[r][ɚ] 　[ə]—[r][ɚ]……

103

● 內有 [ɚ] 這個音的單字

在此先不必過度在意其他字母的發音，只專注於 [ɚ] 的正確發音即可。

❶ dinner（晚餐）
❷ finger（手指）
❸ flower（花）
❹ letter（信）
❺ master（掌握；控制）
❻ over（結束的；超過）
❼ river（河流）
❽ sister（姊妹）
❾ spider（蜘蛛）
❿ tiger（老虎）

● 這些字母組合也發一樣的音！

重點提示＋ 字母組合 or 也會發相同的音

⓫ actor（演員）
⓬ competitor（競爭者）
⓭ conductor（指揮者；管理人）
⓮ director（導演）
⓯ doctor（醫生）
⓰ editor（編輯）
⓱ inventor（發明家）
⓲ investigator（調查人員）
⓳ operator（操作人員）
⓴ professor（教授）
㉑ projector（投影機）
㉒ protector（保護者）
㉓ sailor（水手）
㉔ supervisor（監督者；管理人）
㉕ surveyor（調查員；測量師）
㉖ translator（翻譯人員）
㉗ visitor（訪客）

leadership [ˈlidɚˌʃɪp]

LESSON 2 | sh ⟫ [ʃ]

發音方式

一開始先將嘴唇輕輕往左右拉開，就像要發 [ɪ] 音時的嘴型。接著，將嘴唇稍微向前突出收攏，樣子變得像章魚嘴一樣。接著維持這樣的嘴型動作，用唸注音「ㄒ」的感覺從嘴巴的空隙中吐氣。這裡要強調，發 [ʃ] 的音時「只吐氣」，聲帶不會振動，感覺就像當你希望安靜時，豎起食指所說的「噓！」。

不過，請注意中文的「噓（ㄒㄩ）」帶有母音，所以發出的音其實與 [ʃ] 不同，務必小心不要發成「ㄒㄩ」的音。

發音訣竅

注意嘴型！一開始的嘴型和發注音「ㄒ」時類似，嘴唇輕輕往左右拉開、變成有點扁平的樣子，但接下來就會稍微向前突出並收攏得像章魚嘴一樣。

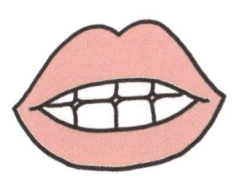

EXERCISE [ʃ]

1. 試著連續快速唸 10 次。
[ʃ] [ʃ] [ʃ] [ʃ] [ʃ] [ʃ] [ʃ] [ʃ] [ʃ] [ʃ]

2. 音拉長一點，一次持續 5 秒鐘。
[ʃ]-----

3. 結合 1 和 2，試著重複練習 5 次。
[ʃ] [ʃ]-----　[ʃ] [ʃ]-----
……

● **內有 [ʃ] 這個音的單字**

在此先不必太過在意其他字母的發音，專注在 [ʃ] 的正確發音就好。

❶ **sh**ade（陰影；遮蔽）　　❷ **sh**adow（影子，陰影）
❸ **sh**ake（搖晃）　　　　　❹ **sh**are（分享）
❺ **sh**ark（鯊魚）　　　　　❻ **sh**e（她）
❼ **sh**ell（貝殼）　　　　　❽ **sh**ip（船）
❾ **sh**op（商店）　　　　　❿ **sh**rimp（蝦）
⓫ bru**sh**（刷子）　　　　　⓬ di**sh**（盤子）
⓭ fi**sh**（魚）　　　　　　　⓮ wa**sh**（洗）

LESSON ✚ | **s** ⟫ [ʒ]

照著這堂課中所介紹的 [ʃ] 的發音方法，但必須振動聲帶來發出聲音，這樣一來發出的便會是 [ʒ] 的音。現在我們也來練習 [ʒ] 的音吧。

順道一提，[ʒ] 的音與 [dʒ]（p.91）聽上去有點類似，但發 [ʒ] 時的舌尖不會接觸口腔內的任何地方。記住，[ʃ] 的有聲版本就是 [ʒ]。

內有 [ʒ] 這個音的單字

⓯ plea**s**ure（樂趣）　　　　⓰ trea**s**ure（寶藏）
⓱ u**s**ual（平常的）　　　　⓲ vi**s**ion（視野；視力）

SAY!
[leadership]

前面我們已經學過正確的發音了,現在就請試著將 [l]、[i]、[d]、[ɚ]、[ʃ]、[ɪ] 和 [p] 這七個音連接起來發音看看吧。

❶ [l] + [i] =嘴唇向兩側拉開,發出類似注音「ㄌㄧ」的音,請注意這裡是長音的 [i]。

❷ [li] + [d] =加上 [d],發成 [lid]。

❸ [lid] + [ɚ] =發成 [lidɚ],請注意發 [ɚ] 音時不要大力捲舌,舌尖往後收即可。

❹ [lidɚ] + [ʃ] =發成 [lidɚʃ],[ʃ] 音和注音「ㄒ」相似,但小心不要發成「噓」音。

❺ [lidɚʃ] + [ɪ] =發成 [lidɚʃɪ],這裡是短音的 [ɪ]。

❻ [lidɚʃɪ] + [p] =發成 [lidɚʃɪp],這就是 leadership 的正確發音!

現在就來練習有用到 leadership 的一些例句吧。

1. I admire her leadership.(我欣賞她的領導能力。)

2. The plan was made under his leadership.
   (這個計畫是在他的領導之下制定的。)

3. We are looking for a person with strong leadership.
   (我們正在尋找一位具有強大領導能力的人。)

4. Thanks to his leadership, everyone was able to evacuate safely.(多虧有他的領導,大家都能安全撤離。)

5. Effective leadership is about inspiring and empowering others to achieve common goals.
   (有效的領導在於啟發並賦予他人達成共同目標的能力。)

6. A great leadership has vision, passion, and the ability to bring people together.
   (絕佳的領導力涵蓋遠見、熱情以及讓人們團結一心的能力。)

CHAPTER 12
smooth
[smuð]

→P.21 [s]　→P.25 [m]　LESSON 1 [u]　LESSON 2 [ð]

真是濃郁滑順～

　　smooth 的意思是「平滑的；滑順的；流暢的；順利進行的」，除了可以用來形容口感或味覺上的滑順，也能用來表達肌膚或頭髮的滑順感。

　　除此之外，這個字還能用來形容非物質方面的滑順，比如「事情進行得很順利、沒有遇到阻礙」。讓我們練習用滑順的發音來掌握這個單字吧。

smooth [smuð] 12

LESSON 1 | oo ››› [u]

發音方式

　　首先將嘴唇圓嘟起來，發出類似注音「ㄨ」的音，接著像吹口哨一樣，再把嘴巴收攏一些，邊吐氣邊發出「嗚～」的長音，拉長音時要像是從喉嚨深處發出聲音一樣。

　　[u] 和 [w] 的發音方法有點像，但嘴型收攏突出的程度並不相同。在發 [w] 音時，嘴唇會收攏得更向前突出，發出的聲音會更沉悶一些。

發音訣竅

我們在發需要將嘴唇圓嘟的音時，動作常常都不確實。要發得準確，訣竅就是要比你原本所想的，圓嘟得更誇張、更向前突出，再來發 [u] 的音。

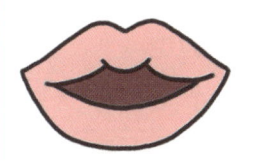

EXERCISE [u]

1. 試著連續快速唸 10 次。
[u] [u] [u] [u] [u] [u] [u] [u] [u] [u]

2. 音拉長一點，一次持續 5 秒鐘。
[u]－－－－－

3. 結合 1 和 2，試著重複練習 5 次。
[u] [u]－－－－－　　[u] [u]－－－－－
……

109

●內有 [u] 這個音的單字

在此先不必在意其他字母的發音，專注於 [u] 的正確發音就好。

① **cool**（涼爽的；很棒的）
② **food**（食物）
③ **moon**（月亮）
④ **pool**（水池）
⑤ **room**（房間）
⑥ **school**（學校）
⑦ **soon**（很快，不久）
⑧ **spoon**（湯匙）
⑨ **too**（也；太；非常）
⑩ **zoo**（動物園）

●這些字母組合也發一樣的音！

重點提示＋ o / ew / ue / u / oe / ough / ui / ou 也會發 [u] 的音

⑪ **who**（誰）
⑫ **dew**（露水）
⑬ **few**（幾乎沒有的）
⑭ **blue**（藍色）
⑮ **true**（真實的）
⑯ **June**（六月）
⑰ **flute**（長笛）
⑱ **shoe**（鞋子）
⑲ **through**（通過）
⑳ **suit**（套裝）
㉑ **fruit**（水果）
㉒ **juice**（果汁）
㉓ **group**（群體，組）

smooth [smuð] 12

LESSON 2 | th ››› [ð]

● 發音方式

[ð] 這個音在中文裡沒有，也因此較難掌握正確發音，但若能掌握 [ð] 的正確發音，那就代表你的英文發音進步了很多，一起加油吧！

一開始嘴巴微張，舌尖輕觸上排門牙。舌頭放鬆，不要用力，接著從喉嚨振動聲帶發出聲音。如果喉嚨有感受到震動，那就成功了。請特別注意不要咬住舌頭，嘴巴要保持放鬆的狀態、不要用力。

● 發音訣竅

[ð] 想要發得正確，關鍵在於要讓舌頭和嘴唇微微顫動。

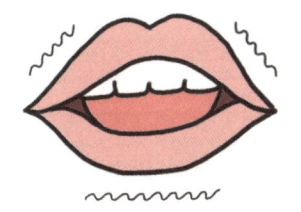

EXERCISE [ð]

1. 試著連續快速唸 10 次。
[ð] [ð] [ð] [ð] [ð] [ð] [ð] [ð] [ð] [ð]

2. 音拉長一點，一次持續 5 秒鐘。
[ð]─────

3. 結合 1 和 2，試著重複練習 5 次。
[ð] [ð]───── [ð] [ð]─────
……

111

● 內有 [ð] 這個音的單字

這裡先不必太過在意其他字母的發音，只要專注於 [ð] 的正確發音即可。

❶ that（那個）　　　　　❷ their（他們的）
❸ there（那裡）　　　　　❹ they（他們）
❺ those（那些）　　　　　❻ breathe（呼吸）
❼ brother（兄弟）　　　　❽ clothing（服裝（總稱））
❾ father（父親）　　　　　❿ mother（母親）

● 知道這一點很重要！

重點提示＋ 能掌握 the 的發音，代表有進步

the 是使用頻率很高的字，但對於很多人來說，the 的正確發音並不好發。

一個英文句子裡的重要字詞通常會讀得重一些，而像 the 這種非關鍵字，則通常會輕讀帶過。每次發音時，都只要用舌尖輕輕碰觸上排門牙即可。

如果 the 前面的單字是以 [t] 或 [d] 的音結尾，那麼輕輕讀出的 the 可能會與前面的 [t] 或 [d] 連音。

⓫ at the：發音類似 [æ(t) ðə]，[t] 的音弱化
⓬ about the：發音類似 [əˈbaʊ(t) ðə]，[t] 的音弱化
⓭ around the：發音類似 [əˈraʊn(d) ðə]，[d] 的音弱化

※th 還有另一種發音方式，請翻到 p.117 進行練習。

SAY! [smooth]

　　現在我們已經學過所有的正確發音了,接著就練習把這些發音串連起來說說看吧。

　　請試著將 [s]、[m]、[u] 和 [ð] 這四個音連接起來發音吧。

❶ [s] + [m] = 發完 [s] 後閉緊雙唇,發 [sm] 的音。

❷ [sm] + [u] = 連接起來後嘴型圓嘟向前突出,發出 [smu] 的音。

❸ [smu] + [ð] = 最後加上 [ð],發成 [smuð],這樣就是 smooth 的正確發音了。請特別注意最後的 [ð] 音有沒有發完整。

現在就來練習有用到 smooth 的一些例句吧。

1. This stone is smooth.(這顆石頭很光滑。)
2. This yogurt is smooth and creamy.(這款優格滑順濃郁。)
3. Thanks to the smooth cooperation of the team, everything went well.(多虧團隊的合作順暢,一切都進展順利。)
4. Finally, smooth the surface with sandpaper.
   (最後,用砂紙將表面磨平。)
5. Why is babies' skin so soft and smooth?
   (為什麼嬰兒的皮膚這麼柔軟光滑?)
6. The jazz musician played a smooth melody on his saxophone.
   (這位爵士樂手用他的薩克斯風演奏了一段流暢的旋律。)
7. The car ride was so smooth that I almost fell asleep.
   (這趟車平穩到我幾乎要睡著了。)
8. The surface of the lake was smooth as glass.
   (這座湖的湖面平滑得像玻璃一樣。)

CHAPTER 13
zenith
[ˋzinɪθ]

LESSON 1 [z] →P.61 [i] →P.57 [n] →P.55 [ɪ]
LESSON 2 [θ]

  很多人也許對 zenith 這個單字不太熟悉，zenith 最基本的意思是「天頂」。最早 zenith 這個字源於阿拉伯語，意為「（頭頂的）路」，隨後轉為拉丁語、法語，最終在英語中用來表示「頂點；最高點；巔峰；極盛時期」等意思。zenith 在天文學領域則專指「天頂」，即觀察者正上方的點。

zenith [ˈzɪnɪθ] 13

LESSON 1 | z ≫ [z]

49

● 發音方式

　　我們在 p.21 中練習過只吐氣、不振動聲帶所發出的 [s] 音，而 [z] 音即是振動聲帶、發出聲音的 [s] 音。

　　一開始先將嘴角向左右拉開，像發注音「一」時的嘴型，接著輕輕合攏上下排牙齒，從牙齒的縫隙中吐氣並振動聲帶，就會發出 [z] 音了。請一邊發音一邊用手觸摸喉嚨，如果感受到震動，那就表示發對了。發 [z] 音時請保持嘴角向兩邊拉開的嘴型，小心不要發成 [ʒ] 的音。

● 發音訣竅

將舌尖靠近上排門牙後方，並在吐氣的同時發 [z] 音。

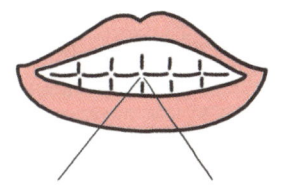

EXERCISE [z]

1. 試著連續快速唸 10 次。
[z] [z] [z] [z] [z] [z] [z] [z] [z] [z]

2. 音拉長一點，一次持續 5 秒鐘。
[z]-----

3. 結合 1 和 2，試著重複練習 5 次。
[z] [z]-----　　[z] [z]-----
……

115

內有 [z] 這個音的單字

這裡先不用太過在意其他字母的發音，專注在 [z] 的正確發音就好。

1. size（大小；尺寸）
2. zero（零）
3. zigzag（之字形的線條（或道路））
4. zipper（拉鍊）
5. zone（區域）
6. zoo（動物園）
7. zoom（（變焦後將畫面）拉近）
8. dozen（12 個，一打）
9. frozen（凍結的）
10. lazy（懶惰的）
11. lizard（蜥蜴）

這些字母組合也發一樣的音！

重點提示＋ 字母組合 zz 和 s 也會發 [z] 的音

字母組合 zz 及出現在字中或字尾的 s，也常常會發有聲的 [z] 音。例如，㉓ season 在字首和字中各有一個 s，但字首的 s 發 [s] 而不發 [z] 音。

12. buzz（（蜂鳴器等）發出信號音）
13. jazz（爵士樂）
14. puzzle（謎題；使困惑）
15. cause（原因；造成）
16. choose（選擇）
17. cousin（堂表兄弟姊妹）
18. easy（簡單的）
19. lose（失去）
20. music（音樂）
21. phase（階段）
22. reason（原因）
23. season（季節）
24. tease（戲弄；取笑）
25. these（這些）
26. use（使用）

zenith [ˈzinɪθ] 13

LESSON 2 | th ››› [θ]

發音方式

字母組合 th 的發音一般有兩種。其中一種是我們在 p.111 練習過的有聲子音 [ð]，發 [ð] 音時會將舌尖輕輕碰觸上排門牙，透過氣流通過並振動聲帶來發出聲音；而本次練習的 [θ] 是不振動聲帶、只吐氣來發音的無聲子音。

一開始先將舌尖輕輕抵在上排門牙處，讓氣流從縫隙中通過並藉此發出聲音。注意不要咬住舌頭，否則氣流通道會被阻斷，導致無法發出聲音。

發音訣竅

吐氣讓氣流從舌頭和門牙間的縫隙中通過。請小心別發成 [s] 的音。

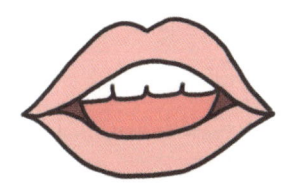

EXERCISE [θ]

1. 試著連續快速唸 10 次。
[θ] [θ] [θ] [θ] [θ] [θ] [θ] [θ] [θ] [θ]

2. 音拉長一點，一次持續 5 秒鐘。
[θ]━━━━━

3. 結合 1 和 2，試著重複練習 5 次。
[θ] [θ]━━━━━　[θ] [θ]━━━━━
……

117

● 內有 [θ] 這個音的單字

這裡先不用太過在意其他字母的發音，只要專注在 [θ] 的正確發音上就好。

❶ thirteen（十三）
❷ thought（想法）
❸ three（三）
❹ thunder（雷，雷聲）
❺ athlete（運動員）
❻ birthday（生日）
❼ fifth（第五）
❽ month（月份）
❾ nothing（無事物；沒什麼）
❿ math（數學）

● 一定要記住的不同之處

重點提示＋　小心別錯把 [θ] 發成 [s]

[θ] 是中文裡沒有的音，而且很容易會被唸成相對簡單的 [s] 音，例如英文裡的 mouth（嘴；口）和 mouse（老鼠）的發音其實並不相同，mouth 中的 th 是 [θ] 音，而 mouse 中的 se 是 [s] 音，一旦錯把 [θ] 唸成 [s]，就容易會造成誤解。透過這個例子，可以知道拼字不同，發音就會不同，所以必須特別注意。請練習以下字彙，並注意其中差異。

[θ]	[s]
⓫ mouth（嘴；口）	⓬ mouse（老鼠）
⓭ faith（信仰；信念）	⓮ face（臉）
⓯ thank（感謝）	⓰ sank（下沉（過去形））
⓱ thick（厚的）	⓲ sick（生病的）
⓳ thing（東西，事物）	⓴ sing（唱歌）
㉑ think（思考）	㉒ sink（沉沒）

SAY! [zenith]

　　前面我們已經學過正確的發音了，現在請試著依序將 [z]、[i]、[n]、[ɪ] 及 [θ] 這五個音連接起來說說看吧。

❶ [z] + [i] = 發出 [zi] 的音，請記得 [i] 要拉長音。
❷ [zi] + [n] = 連接發成帶鼻音的 [zin] 的音。
❸ [zin] + [ɪ] = 連接發成 [zinɪ] 的音，尾音的 [ɪ] 較短促。
❹ [zinɪ] + [θ] = 發出 [zinɪθ]，請注意發 [θ] 時，喉嚨不會震動。

現在就來練習有用到 zenith 的一些例句吧。

1. The sun was at its zenith, casting a bright light over the desert.（太陽位於天頂，明亮的光線灑落在這片沙漠上。）

2. The singer's popularity reached its zenith in the 1990s.（這位歌手的人氣在 1990 年代達到了巔峰。）

3. The company's profits peaked at their zenith.（這間公司的獲利高漲到了頂點。）

4. The athlete's career reached its zenith when she won the gold medal at the Olympics.（這名運動員的職業生涯，在她贏得了奧運金牌時達到了頂點。）

5. The band's performance at the festival was the zenith of their musical career.（這個樂團在這場慶典上的演出是他們音樂生涯的巔峰。）

6. The university's research program is at the zenith of scientific achievement.（這所大學的研究計畫處於科學成就的頂峰。）

7. The team's victory in the championship game was the zenith of their season.（這支球隊在冠軍賽中的勝利是他們這季的巔峰。）

CHAPTER 14
certified
[ˋsɝtəˌfaɪd]

- →P.21 [s]
- →P.103 [ɚ(ɝ)]
- LESSON 1 [t]
- →P.23 [ə]
- →P.65 [f]
- LESSON 2 [aɪ]
- →P.59 [d]

    certified 的意思是「具備資格證明的；獲得認證的」。動詞 certify 則表示「證明；認證，授予資格或許可；保證」等字義。

    順帶一提，提到某人「有駕照」時，不能說 certified，正確說法應該是「licensed（持有執照的）」。

certified [ˋsɝtəˌfaɪd] 14

LESSON 1 | t ⟫ [t]

52

● 發音方式

　　發 [t] 音時會先將舌頭放在上排牙齒的根部，接著用力將舌頭彈起並吐氣發出類似注音「ㄊ」的音，發音時只吐氣而不振動聲帶。練習時可以在嘴巴前面放一張衛生紙，若衛生紙會因為你吐出的氣而掀動，那就發對了。

　　[t] 的音實際上有著許多變化，關鍵在於養成確實的發音習慣，精確發音。一開始練習發音必須專注於基礎，穩紮穩打地練習。

● 發音訣竅

輕彈舌尖並吐氣發出類似注音「ㄊ」的音。舌頭一開始的位置會影響 [t] 的發音。

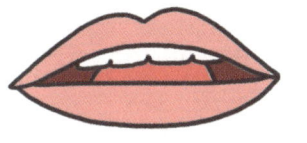

EXERCISE [t]

1. 試著連續快速唸 10 次。
[t] [t] [t] [t] [t] [t] [t] [t] [t] [t]

2. 第一個音加重唸並節奏性地重複練習。
[t] [t] [t] [t] **[t]** [t] [t] [t]
[t] [t] [t] [t] **[t]** [t] [t] [t]

121

● 內有 [t] 這個音的單字

先不用太過在意其他字母的發音,只要專注在 [t] 的正確發音上就好。

❶ **t**arge**t**（目標）
❷ **t**eacher（老師）
❸ **t**echnique（技術）
❹ **t**elephone（電話）
❺ **t**en（十）
❻ **t**ime（時間）
❼ **t**rain（列車）
❽ wha**t**（什麼）
❾ abou**t**（關於）
❿ bes**t**（最佳的）
⓫ excellen**t**（優秀的）
⓬ i**t**（它,牠）
⓭ s**t**a**t**is**t**ics（統計數據）

● 知道這一點很重要！

重點提示＋ t 的發音變化

在美式英語中,隨著位置或字母組合的不同,[t] 音有時會消失,或被稱為「被吃掉的 t」,也有可能會變音成其他如 [tʃ] 或介於 [d] 和 [r] 之間的發音。（請見「讓英文更好懂的發音方法」,內有詳細說明）

certified [ˈsɝtəˌfaɪd] 14

LESSON 2 | ie ››› [aɪ]

● 發音方式

一開始在發 [aɪ] 音時，嘴巴要比發 [ɑ] 音時更開一些，喉嚨也要放鬆。在發出 [ɑ] 音後，不要中斷，而是逐漸縮小嘴巴到發出 [ɪ] 音，讓整體發音連成一氣，最後的 [ɪ] 輕輕帶過就好，不用強調。

[aɪ] 音並非由兩個分開的 [ɑ] 和 [ɪ] 組合而成，而是一個漸變、沒有明顯分割的音。這也是英文發音的特點之一，第一個和第二個母音之間，會像唱歌般流暢地連接起來。

● 發音訣竅

慢慢將大張的嘴巴逐漸合上，同時發出從 [ɑ] 漸變成 [ɪ] 的音。

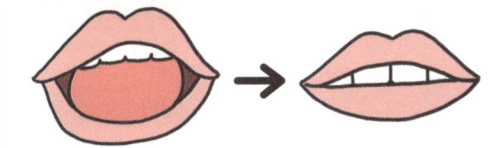

EXERCISE [aɪ]

1. 試著連續快速唸 10 次。
[aɪ] [aɪ] [aɪ] [aɪ] [aɪ] [aɪ] [aɪ] [aɪ] [aɪ] [aɪ]

2. 放慢速度，發出從 [ɑ] 漸變成 [ɪ] 的音，重複練習 5 次。
[ɑ]---[ɪ] [ɑ]---[ɪ] [ɑ]---[ɪ] ……

3. 以短音和長音交替發音，重複練習 5 次。
[aɪ] [ɑ]---[ɪ] [aɪ] [ɑ]---[ɪ] [aɪ] [ɑ]---[ɪ]
[aɪ] [ɑ]---[ɪ] [aɪ] [ɑ]---[ɪ]

123

- 內有 [aɪ] 這個音的單字

在此僅專注於 [aɪ] 的正確發音，不用太過在意其他字母的發音。

❶ p**ie**（派）
❷ t**ie**（領帶）
❸ l**ie**（說謊）
❹ d**ie**（死亡）
❺ cr**ie**s（哭泣（第三人稱單數現在式 s 形））
❻ fl**ie**d（（棒球）飛行（過去形））
❼ tr**ie**d（嘗試（過去形））

- 這些字母組合也發一樣的音！

重點提示＋ i 或 y 也會發相同的音

i	❽ b**i**te（咬）　❾ f**i**ve（五）　❿ k**i**te（風箏） ⓫ n**i**ne（九）　⓬ s**i**te（地點）　⓭ t**i**me（時間）
y	⓮ b**y**（在～旁邊；透過）　⓯ cr**y**（哭泣） ⓰ fl**y**（飛行）　⓱ m**y**（我的）

SAY!
[certified]

現在我們已經學會正確的發音了,接下來請試著依序將 [s]、[ɚ(ɝ)]、[t]、[ə]、[f]、[aɪ] 和 [d] 這七個音連接起來說說看吧。

❶ [s] + [ɚ(ɝ)] = 在 [s] 音後發出微微捲舌的長母音 [ɚ(ɝ)]。
❷ [sɚ(ɝ)] + [t] = 發成 [sɚ(ɝ)t] 的音,請注意發 [t] 時聲帶不會振動。
❸ [sɚ(ɝ)t] + [ə] = 連接成 [sɚ(ɝ)tə] 的音,字母 i 弱化後發 [ə] 音。
❹ [sɚ(ɝ)tə] + [f] = 發成 [sɚ(ɝ)təf],發 [f] 時上門牙會輕觸下唇,氣流會從牙齒和嘴唇間的空隙通過。
❺ [sɚ(ɝ)təf] + [aɪ] = 發成 [sɚ(ɝ)təfaɪ]。
❻ [sɚ(ɝ)təfaɪ] + [d] = 最後發成 [sɚ(ɝ)təfaɪd],請注意這裡的 [d] 不用加重,輕輕帶過就好。

現在就來練習有用到 certified 的一些例句吧。

1. He is a certified scuba diver and loves to explore the ocean.(他是受過認證的水肺潛水員且熱愛探索海洋。)
2. The organic produce is certified by the government.(這些有機農產品有經過政府的認證。)
3. She became a certified public accountant after passing the exam.(她在通過考試後成為了註冊會計師。)
4. The company only hires certified professionals for their projects.(這間公司只聘用具有資格認證的專業人士來做專案。)
5. The mechanic is certified to work on all makers and models of cars.(這位技師經認證可處理所有廠牌和型號的汽車。)
6. We have a halal-certified restaurant in town.(我們鎮上有一家獲清真認證的餐廳。)
7. The product has been certified as safe for humans.(這項產品經認證對人類是安全的。)

CHAPTER

15
outlook
[ˋaʊtˌlʊk]

LESSON 1 [aʊ] →P.121 [t] →P.49 [l]

LESSON 2 [ʊ] →P.37 [k]

　　「outlook」有「見解;前景,展望;注視;景色」等的多重含義。可以將 outlook 這個字拆解成「out(向外)＋look(看)＝前景」來理解其字義。outlook 會用來表達對未來或可能發展方向的「預測」,也可以指特定地點的「景色」。weather outlook 即是「天氣預報」的意思。

　　outlook 是使用範圍相當廣泛的一個單字,在如經濟預測或天氣預報等情境之中經常出現。

outlook [ˈaʊtˌlʊk] 15

LESSON 1 | ou ››› [aʊ]

● 發音方式

　　在發 [aʊ] 音時，請先放鬆嘴巴、微微向左右拉開嘴角，喉嚨輕鬆地發出類似注音「ㄚ」的 [ɑ] 音，接著不要斷在這裡，而是自然接續發出如注音「ㄨ」的 [ʊ] 音，流暢銜接後發出連音 [aʊ]，聽起來和注音中的「ㄠ」很像。

　　一開始的 [ɑ] 音是從喉嚨深處發出來的，發音較重較明顯，接續發 [ʊ] 時嘴唇會收攏向前突出，發出較為輕柔的聲音，甚至有時會弱到幾乎聽不到。

● 發音訣竅

流暢地發出從 [ɑ] 漸變成 [ʊ] 的音。

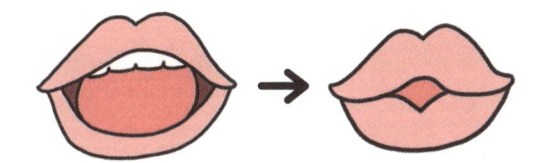

EXERCISE [aʊ]

1. 試著連續快速唸 10 次。
   [aʊ] [aʊ] [aʊ] [aʊ] [aʊ] [aʊ] [aʊ] [aʊ] [aʊ] [aʊ]

2. 放慢速度，發出從 [ɑ] 漸變成 [ʊ] 的音，重複練習 3 次。
   [ɑ]---[ʊ]　[ɑ]---[ʊ]　[ɑ]---[ʊ]

3. 結合 1 和 2，試著重複練習 5 次。
   [aʊ] [ɑ]---[ʊ]　[aʊ] [ɑ]---[ʊ]
   ......

● 內有 [aʊ] 這個音的單字

在此先不必太過在意其他字母的發音，僅專注於 [aʊ] 的正確發音即可。

❶ our（我們的）
❷ out（出外；在外）
❸ output（輸出）
❹ cloud（雲）
❺ count（計算，數）
❻ ground（地面）
❼ house（房子）
❽ loud（大聲的）
❾ mouse（老鼠）
❿ mouth（嘴巴）
⓫ shout（喊叫）
⓬ sound（聲音）
⓭ south（南方）
⓮ thousand（一千）

● 這些字母組合也發一樣的音！

重點提示＋ 字母組合 ow 也會發 [aʊ] 音

⓯ clown（小丑）
⓰ cow（乳牛）
⓱ crown（王冠）
⓲ down（向下）
⓳ how（如何；怎麼）
⓴ now（現在）
㉑ power（力量）
㉒ wow（哇）

小心別被拼字迷惑了。

outlook [ˈaʊt͵lʊk] 15

LESSON 2 | oo ≫ [ʊ]

● 發音方式

想要正確發出 [ʊ] 這個音，唇部的動作非常重要。發音時必須將嘴唇像吹口哨那樣收攏嘟起並向前突出。腹部用力、發出的聲音來自喉嚨深處，聽起來會像是短促版的注音「ㄨ」的音。

剛開始練習時，可以對著鏡子確認自己的嘴型及發音，以熟悉發音方式。

● 發音訣竅

雙唇要確實收攏，嘴型誇張明顯一點，會更容易正確發音。

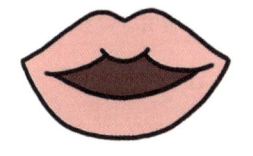

EXERCISE [ʊ]

1. 試著連續快速唸 10 次。
   [ʊ] [ʊ] [ʊ] [ʊ] [ʊ] [ʊ] [ʊ] [ʊ] [ʊ] [ʊ]

2. 試試看在 10 秒內能發幾次 [ʊ]。目標 30 次！
   [ʊ] [ʊ] [ʊ] [ʊ] [ʊ] [ʊ] [ʊ] [ʊ] [ʊ] [ʊ]
   ......

● 內有 [ʊ] 這個音的單字

現在先不必太過在意其他字母的發音，僅專注於 [ʊ] 的正確發音即可。

❶ book（書）
❷ cook（烹飪）
❸ cookie（餅乾）
❹ foot（腳）
❺ good（好的）
❻ hook（鉤子）
❼ look（看，注視）
❽ stood（站立（過去形））
❾ took（拿走（過去形））
❿ wood（木材；森林）

> 不是長音 [u]，而是短音 [ʊ] 喔！

● 這些字母組合也發一樣的音！

重點提示＋ u / ou 也會發相同的音

u	⓫ bully（霸凌）　⓬ bush（灌木） ⓭ cushion（墊子；緩衝墊）　⓮ full（滿的） ⓯ pudding（布丁）　⓰ push（推開；推進）
ou	⓱ could（能夠）　⓲ should（應該）

130

SAY!
[outlook]

　　現在我們已經學過所有正確的發音了,接著請試著依序將 [aʊ]、[t]、[l]、[ʊ]、[k] 這五個音連接起來發音看看吧。

❶ [aʊ] + [t] = 張大嘴巴,清楚發出 [aʊ] 音,尾巴的 [t] 不要太過用力。

❷ [aʊt] + [l] = 在 [aʊt] 之後加上 [l] 的音,發成 [aʊtl],請確實做出 [l] 的發音動作。

❸ [aʊtl] + [ʊ] = 發成 [aʊtlʊ] 的音,請感受舌頭在發 [l] 與 [ʊ] 連音時的動作。

❹ [aʊtlʊ] + [k] = 發成 [aʊtlʊk],即是 outlook 的正確發音。

現在就來練習有用到 outlook 的一些例句吧。

1. He has a positive outlook on life.(他的人生觀很正面。)

2. The outlook for our business is good.(我們生意的前景不錯。)

3. The weather outlook for tomorrow is not good.
（天氣預報說明天的天氣不好。）

4. Despite our differences in outlook, we got along together very well.（儘管觀點不同,我們還是相處得非常融洽。）

5. I have a good outlook from my hotel room.
（我飯店房間看出去的景色很好。）

6. The company's outlook for the upcoming fiscal year is positive.（這間公司下個會計年度的展望很樂觀。）

7. The team's outlook for the upcoming game is optimistic.
（這支隊伍對於即將到來的賽事預期很樂觀。）

8. The long-term outlook for renewable energy is bright.
（再生能源的長期前景一片光明。）

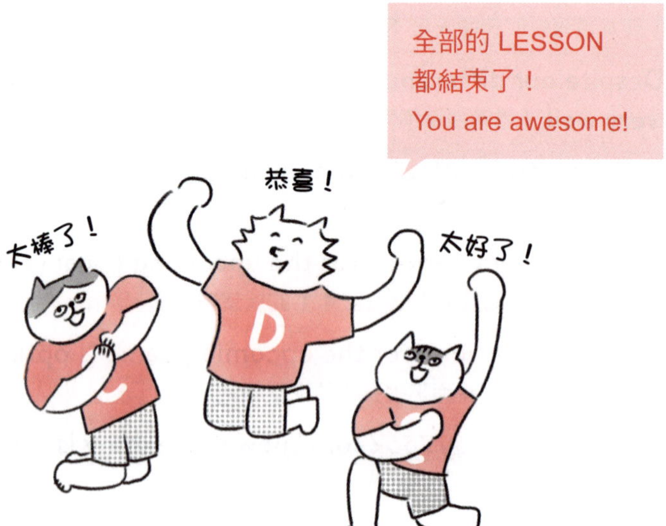
全部的 LESSON
都結束了！
You are awesome!
恭喜！
太棒了！
太好了！

GO HIGHER!

讓英文更好懂的
發音方法

GO HIGHER

讓英文更好懂的發音方法

進一步讓發音
更清晰、更容易被聽懂吧！

　　現在我們已經學完基本的英文發音知識了。透過這些 LESSON，你已經學到了英文裡基本發音的特有嘴型、舌頭動作、吸吐氣及發聲方式，還有中文和英文之間在發音上的差異。透過反覆練習這 15 個單字，就能夠像訓練肌肉一樣，逐漸掌握正確的英文發音。

　　在此同時，你也會感受到字母組合與發出的音之間，存在著許多的基本規則。

　　在全世界這麼多的語言之中，英文是字母組合較不規則的語言之一。不過，透過前面詳細解說的發音 LESSON，大家現在應該已經可以掌握「這種字母組合會發這種音」的基本原則，且能夠根據字母組合大致推測出一個英文單字的可能發音。

　　接下來，我們將進一步介紹一些英文發音的「特徵」，理解並善用這些特徵，便可讓英文發音更好懂、更自然。
　　下面收錄的內容，包括一些英文發音中重要的「語音變化」技巧，學會這部分的知識與技巧，將會大大提升你的英文聽力和口說能力，幫助你說起英文來更加流暢，還能提升你對英文

的敏感度,並讓你的發音更加準確好懂。

為了讓你的英文說起來更流暢和道地,在傳達給別人時既有效率又好懂,這裡我們將專注解說以下四大重點。

1. 英文的節奏
2. 單字之間的連音
3. 消音
4. 變音

現在就開始吧!

1. 英文的節奏

（1） 英文的音節

英文是種擁有母音與子音的語言，且會以母音為中心來構成發音，也就是我們一般會聽到的「音節」。

每個英文單字所擁有的音節數量並不相同，有些單字拼字簡單，發音也只有一個音節，例如 red[rɛd]（紅色），而拼字稍微複雜一點的英文單字，多半都會是雙音節或多音節。

另一方面，英文是以母音為核心來劃分和計算音節，且單字中所擁有的子音數量和擺放位置並不規則。舉例來說，在英文辭典裡 pepper（胡椒）這個單字的音節標記會寫成「pe‧pper」，第一音節由 pe 這兩個字母組成，第二音節則是 4 個字母 pper 所組成，總共兩個音節，寫成 KK 音標標記則是 [ˋpɛpɚ]，可以看到重音標記標在最前面，表示第一音節是重音所在，讀的時候就要發成比較強烈的音。

下面用 salt and pepper 來舉個例。

一個標記點「●」就是一個音節，請一邊唸出聲一邊打拍子，感受音節的存在：

英文音節的劃分與計算

例
- salt　　　●　　（1拍）
- and　　　●　　（1拍）
- pe‧pper　● ●　（2拍）

英文單字中的音節劃分和計算相當重要，如果沒有以母音為核心來正確劃分，就無法發出正確的音，就拿上面 pepper 這個例子來看，若將音節錯誤劃分為「pepp・er」，那麼音標就會標記成 [pɛpˋɚ]。

錯誤的音節會導致錯誤的發音，讓聽的人無法意識到你真正想說的是什麼，自然就無法順暢對話溝通。

（2）英文的重音

接著我們來談談剛剛有稍微提到的「重音」。

「重音」兩字顧名思義就是「比較重的發音」。在超過一個音節的英文單字中，通常都會有某個音節必須用特別**高亢、強烈、拉長或清楚**的音（也就是「重音」）來讀。

在讀單字的時候，只要將音節中標記重音的位置「拉長且加強」並「使其他部分弱化」，便可以表達出英文字彙自身特有的韻律。如果重音放錯位置，那麼在聽你說話的其他人可能就會很難聽懂你想說的是什麼。

想要確認重音位置時可以查字典，先找到單字的音標，例如 sophisticated[səˋfɪstɪˌketɪd]（複雜的）這個很長的單字，接下來請觀察單字的音標記號，在重音的位置會打上一個重音標記「ˋ」，在 sophisticated 裡就是打在 [f] 音之前。有些單字的拼字較長、較複雜，那麼就會擁有兩個重音位置，主重音以向右下斜的「ˋ」符號標記，次重音則是往左下斜的「ˌ」符號，也就是

[k] 音之前的位置。除此之外，重音和音節的劃分方式很相像，都只會出現在接近母音的位置。

現在再來看一次 sophisticated[sə`fɪstɪˌketɪd]（複雜的）這個字，就可以知道這個字最要強調的主重音是發在 phisti[`fɪstɪ]，第二要強調的次重音則是 cated[ˌketɪd]。另一方面，為了要強調重音的存在，開頭 so 的發音會被弱化，母音的 o 會發成 [ə]。

英文裡有些單字，雖然拼字完全沒有改變，卻會因為重音的擺放位置不同而改變讀法和字義。例如 content 這個字即是如此，當重音放在第二音節，讀作 [kən`tɛnt] 時，字義是「滿足的；滿足」，第一音節中的母音 o 也會弱化，發成 [ə]。若將重音移到第一音節，讀成 [`kɑntɛnt]，則字義就會變成「內容；具體內容物」。

僅僅改變重音位置，就會改變單字的發音方式和字義，因此在學習英文時，請務必經常確認音標符號，學習連同重音位置在內的正確發音。即使對正確的發音不太有自信，但只要多注意重音位置，便能更有效地傳達語意。

（3）句子的節奏

剛剛我們已經學過了英文單字的音節和重音，接著就來看看由各種單字所構成的長句吧。

這裡先來做個小測驗！

> 請問在唸出「salt and pepper」時,「and」的發音是下面哪個呢?
> ❶ [ænd]　　❷ [æn]

答案是 ❷ [æn]。

salt and pepper 實際唸起來的發音是 [ˋsɔlt͵æn͵pɛˋpɚ],這種發音方式才是真正「美式英文風格」的唸法。

可能有些人會覺得「這和學校教的不一樣啊!」。確實,在學校上課的時候並不會特別教這個,但要如何說出具有「美式英文風格」特色的英文,卻是非常重要的知識,現在就一起來了解一下吧。

在說英文句子時,單字與單字之間就好像有一條線,這條線彼此連接,讓各個單字能夠既連貫又流暢地被說出來。如果這條單字之間的線斷掉,那麼說出來的句子發音便會失去美式英文的風格。

「他說的英文真道地」裡的「道地」,究竟是什麼意思呢?
「道地英文」的其中一項重要特徵,就是「主要詞彙(關鍵字詞)的發音強烈又明顯,其他字詞則被弱化且不突出」。

在 salt and pepper 之中,salt 和 pepper 都是關鍵字詞,因此發音必須特別清楚可辨;而 and 則相對來說不那麼重要,發音時便會退居次位,弱化為 [æn] 或 [n] 等較模糊的音。

如果你一直都按照課本上教的發音標記來說英文,將每個字的重要性都同等看待,每次都清晰又完整地發出 and[ænd] 的

音,那麼之後你在實際聽母語人士說英文時,一定會覺得非常驚訝,因為他們在說英文句子時,根本聽不出來有 and 的存在。

在知道「為了凸顯主要詞彙,有些字的發音會被弱化」這件事之後,你之後便不會再聽不到 and 的存在了。

另一方面,英文句子裡自然出現的發音強弱對比,會讓英文聽起來帶有一種「節奏」。關於這種節奏,重點在於:

◎ 主要詞彙需要加重發音,讀的時候要讀得重一點,且必須音節完整又清楚地發音
◎ 其他次要詞彙的發音則應弱化並發得短促一點

請用下面的句子實際開口練習:

I can do it.(我能做到。)
● ● ● ●

如果想要強調「do(做)」,那就不能逐字又毫無起伏地來說這句話,而是要讓 do 的發音完整又清晰,弱化其他單字的發音並快速連接各個單字,讓句子聽起來一氣呵成且「do」的存在清楚強烈。

接下來,我們將用不同的句子來體會有重音和無重音的區別。

下方劃有底線的部分是要強調的單字:

Could you pass me the salt and pepper?
(可以請你遞給我鹽和胡椒嗎?)

Anything is possible.
(一切皆有可能。)

Where there is a will, there is a way.
(有志者事竟成。)

Everything's gonna be alright.
(一切都會沒事的。)

If you can dream it, you can do it.
(只要敢作夢,你就能實現。)

Your pronunciation is getting better and better.
(你的發音越來越好了。)

Everything you do is great.
(你所做的一切都很棒。)

　　一般而言,在說中文時比較不會有明顯強弱交替的節奏,所以必須刻意練習來逐漸適應這種說英文的方式。

2. 單字之間的連音

單字與單字間的發音產生連結的現象，稱為連音（linking）。連音現象在英文母語者間的對話或英文歌曲中都十分常見。

許多英文學習者會因為過度注意每個單字的正確發音，導致字與字之間的發音被截斷，聽起來反倒變得難以理解。對母語人士來說，連音是非常自然的發音方式，想要讓英文的發音聽起來自然，就必須理解連音現象的運作方式。

「子音結尾的單字」後面接「母音開頭的單字」時，通常會出現連音現象。

an apple ➡ 變成「anapple [ənˋæpl̩]」
　　　　　　連音

將單字之間的音相連結之後，不僅更具有美式英文的發音風格，還能夠說出更加流暢好懂的英文。

下面是更多的連音例子，一起開口說說看吧。

連接 2 個單字

- Good idea ➡ Goodidea 讀作 [gʊd‿aɪ`dɪə]（好主意）
- It's OK! ➡ It'sOK 讀作 [ɪts‿o`ke]（沒問題！）
- kind of ➡ kindof 讀作 [kaɪnd‿əv]（有點～的感覺）
- look out ➡ lookout 讀作 [lʊk‿aʊt]（留意）
- can I ➡ canI 讀作 [kən‿aɪ]（我可以嗎）
- trip over ➡ tripover 讀作 [trɪp‿ovɚ]（絆倒）
- hang out ➡ hangout 讀作 [hæŋ‿aʊt]（和某人一起玩）
- that orange ➡ thadorange 讀作 [ðæd‿ɔrɪndʒ]（那顆柳橙）
- clean up ➡ cleanup 讀作 [klin‿ʌp]（清理乾淨）
- stop it ➡ stopit 讀作 [stɑp‿ɪt]（停止）

連接 3 個單字

- let it go ➡ letitgo 讀作 [lɛt‿ɪt‿go]（放手吧）
- come on in ➡ comonin 讀作 [kəm‿ɑn‿ɪn]（進來吧）
- what is it ➡ whatisit 讀作 [hwət‿ɪz‿ɪt]（這是什麼）
- must have been ➡ mustavein 讀作 [mʌst‿əv‿bɪn]（之前一定是～）
- in an hour ➡ inanour 讀作 [ɪn‿ən‿aʊɚ]（一小時後）
- not at all ➡ notatall 讀作 [nɑt‿ət‿ɔl]（完全不～）
- pick it up ➡ pickitup 讀作 [pɪk‿ɪt‿ʌp]（撿起來）
- first of all ➡ firstofall 讀作 [fɝst‿əv‿ɔl]（首先）

　　如果對於上面這些片語的發音方式很不熟悉的話，那就很難預判這些字的連音方式。不過，在熟悉連音方式之前，首先知道有「連音現象」的存在，其實才是最重要的前提，接下來只要逐漸累積自己知道的連音方式，自然就會對單字之間的連音現象越來越熟悉了。

143

3. 消音

（1）簡化

　　母語人士在正常說話時，一般不會總是按照拼字來發音。例如實際在說問候語「Good morning」時，不會完整說出 [gʊd‿ˈmɔrnɪŋ] 全部的發音，而會說 [gʊˈmɔrnɪŋ]，將其中 Good 裡的 [d] 音簡化。這種發音現象稱為「簡化（脫落）」，經常出現在以 p、b、t、d、k、g 等輔音結尾的單字之中。當相同或類似的子音相連結時，也很容易會出現這種簡化的情形。

以 p 結尾
- **stop** [stɑ(p)]（停止）
- **help** [hɛl(p)]（幫助）
- **jump** [dʒʌm(p)]（跳躍）

以 b 結尾
- **job** [dʒɑ(b)]（工作）
- **club** [klʌ(b)]（俱樂部）
- **web** [wɛ(b)]（網絡）

以 t 結尾
- **but** [bʌ(t)]（但是）
- **what** [wʌ(t)]（什麼）
- **get** [gɛ(t)]（獲得）

以 d 結尾
- **bed** [bɛ(d)]（床）
- **good** [gʊ(d)]（好的）
- **could** [kʊ(d)]（可以）

以 k 結尾
- **back** [bæ(k)]（後方）
- **make** [me(k)]（製作）
- **break** [bre(k)]（打破）

以 g 結尾
- **big** [bɪ(g)]（大的）
- **bag** [bæ(g)]（袋子）

144

相同或類似的子音相連

- next time（下次）➡ nextime [nɛks‿taɪm]
  　　　　　　　　t 脫落

- must go（必須走）➡ musgo [mʌs‿go]
  　　　　　　　　t 脫落

- best friend（最好的朋友）➡ besfriend [bɛs‿frɛnd]
  　　　　　　　　　　　t 脫落

- just now（剛剛）➡ jusnow [dʒʌs‿naʊ]
  　　　　　　　　t 脫落

- used to（過去經常）➡ useto [jus‿tə]
  　　　　　　　　d 脫落

- stand by（待命）➡ stanby [stæn‿baɪ]
  　　　　　　　　d 脫落

- good dictionary（好的字典）
  ➡ goodictionary [gʊ‿ˋdɪkʃə͵nɛrɪ]
  d 脫落

（2）靜 音

　　你是否曾經好奇：「為什麼有些字母，雖然拼字的時候會寫，可是卻不發音呢？」如 b、h、k、l、n、p、s、t、w 等英文字母，有時雖然會出現在單字的拼字裡，但卻「不發音」。

　　這些字母被稱為「不發音字母」（或「無聲字母」）。
　　會出現這種現象的原因有很多，例如有些單字的拼字其實是保留了古典英文的拼法，或語源是來自希臘語等其他語言，

145

進而影響了拼法。因為英文中有特別多不發音的字母，所以如果能夠掌握這些不發音字母的規則，就能使你更容易記住正確的拼寫方式和發音。

b

- de**b**t [dɛt]（債務）
- dou**b**t [daʊt]（懷疑）
- su**b**tle [ˋsʌtḷ]（微妙的；隱約的）
- lam**b** [læm]（羔羊）
- clim**b** [klaɪm]（攀登）
- plum**b**er [ˋplʌmɚ]（管道工人）
- com**b** [kom]（扁梳）
- thum**b** [θʌm]（拇指）

h

- **h**onor [ˋɑnɚ]（榮譽）
- **h**eir [ɛr]（繼承人）
- **h**our [aʊr]（小時）
- ex**h**ibit [ɪgˋzɪbɪt]（展示）
- ex**h**aust [ɪgˋzɔst]（使筋疲力盡）

k

- **k**nee [ni]（膝蓋）
- **k**now [no]（知道）
- **k**not [nɑt]（（繩等的）結）
- **k**nife [naɪf]（刀）
- **k**night [naɪt]（騎士）

l

- wa**l**k [wɔk]（行走）
- ta**l**k [tɔk]（說話）
- ca**l**f [kæf]（小牛；幼獸；小腿）
- ha**l**f [hæf]（一半）
- cha**l**k [tʃɔk]（粉筆）
- yo**l**k [jok]（蛋黃）
- ca**l**m [kɑm]（平靜的）
- pa**l**m [pɑm]（手掌）
- sa**l**mon [`sæmən]（鮭魚）

n

- colum**n** [`kɑləm]（圓柱狀物；專欄）
- autum**n** [`ɔtəm]（秋天）
- conde**m**n [kən`dɛm]（譴責）
- dam**n** [dæm]（咒罵；詛咒）
- hym**n** [`hɪm]（讚歌；聖歌）

p

- **p**sychology [saɪ`kɑlədʒɪ]（心理學）
- **p**neumonia [nju`monjə]（肺炎）
- cu**p**board [`kʌbɚd]（碗櫃；櫥櫃）
- recei**p**t [rɪ`sit]（收據）
- **p**seudo [`sudo]（假冒的）

s

- i**s**land [`aɪlənd]（島嶼）
- ai**s**le [aɪl]（通道）

- i<u>s</u>le [aɪl]（小島）
- <u>debris</u> [də`bri]（破碎的殘骸）

t

- of<u>t</u>en [`ɔfən]（經常）
- fas<u>t</u>en [`fæsn̩]（繫緊）
- sof<u>t</u>en [`sɔfn̩]（使柔軟）
- lis<u>t</u>en [`lɪsn̩]（聆聽）
- gourme<u>t</u> [`gʊrme]（美食家）
- mor<u>t</u>gage [`mɔrgɪdʒ]（抵押貸款）
- balle<u>t</u> [`bæle]（芭蕾）

w

- <u>w</u>hole [hol]（全部的）
- <u>w</u>ho [hu]（誰）
- s<u>w</u>ord [sord]（劍）
- <u>w</u>rite [raɪt]（寫）
- <u>w</u>rist [rɪst]（手腕）
- ans<u>w</u>er [`ænsɚ]（答案）

（3）字尾的 e

　　當一個單字的字尾是「子音加 e」時，e 通常不會發音。然而，雖然這個字尾的 e 本身不發音，卻會影響子音之前的母音讀法，請特別注意這些發生變化的發音。

　　舉例來說，單字 cake 並不是讀作 [kæk]，而是讀作 [kek]。

在這種「子音加 e」的單字結構中，e 不發音，但子音前的母音 a 的讀音會受到影響，從 [æ] 變成 [e]。

在熟悉這些規則之後，即使是從沒看過的單字，其中也有很多發音都能唸對。下面介紹一些有著固定字母組合及發音變化的單字。請特別留意，當單字字尾是 e 時，子音之前的一個母音會變成「字母讀音」規則的發音方式。

a 的發音變成 [e]
- game [gem]（遊戲）
- make [mek]（製作）
- bake [bek]（烘烤）

e 的發音變成 [i]
- eve [iv]（前夕）
- complete [kəm`plit]（完成）

i 的發音變成 [aɪ]
- bike [baɪk]（腳踏車）
- kite [kaɪt]（風箏）

u 的發音變成 [ju]
- mute [mjut]（無聲的；不會說話的）
- excuse [ɪk`skjuz]（原諒；辯解）

o 的發音變成 [o]
- smoke [smok]（抽菸；冒煙；煙霧）
- globe [glob]（球狀物；地球）
- rope [rop]（繩索）

字尾「有 e」或「無 e」的單字，無論在發音還是字義上都大不相同。一起來對照看看它們之間的差異吧。

- m<u>a</u>d [mæd]（瘋狂的）━━ m<u>a</u>de [med]（製造的）
- w<u>i</u>n [wɪn]（贏得）━━ w<u>i</u>ne [waɪn]（葡萄酒）
- b<u>i</u>t [bɪt]（少量）━━ b<u>i</u>te [baɪt]（咬）
- r<u>o</u>b [rɑb]（搶奪）━━ r<u>o</u>be [rob]（長袍）
- c<u>u</u>b [kʌb]（幼獸）━━ c<u>u</u>be [kjub]（立方體）
- t<u>u</u>b [tʌb]（浴缸；盆，桶）━━ t<u>u</u>be [tjub]（軟管）
- c<u>u</u>t [kʌt]（切割）━━ c<u>u</u>te [kjut]（可愛的）
- h<u>u</u>g [hʌg]（擁抱）━━ h<u>u</u>ge [hjudʒ]（巨大的）
- h<u>o</u>p [hɑp]（跳躍）━━ h<u>o</u>pe [hop]（希望）
- t<u>a</u>p [tæp]（輕敲，輕拍）━━ t<u>a</u>pe [tep]（膠帶）

64

4. 變音

（1）同化現象

　　當把一個句子中的前後兩個單字連在一起唸時，「前一字的字尾」和「後一字的字首」常常會因為發音連在一起，而變成另外一個音，我們稱這種情況為發音上的「同化現象」。這裡介紹 you 和 your 的發音會如何變化。

d + y ➡ [tʃ]
- want you [wantʃu]
- meet you [mitʃu]
- let you [lɛtʃu]
- What's your name? [wʌtʃɚ nem]（你叫什麼名字？）
- I want you to do it. [aɪ wantʃu tə du ɪt]（我想要你去做這件事。）
- I'll let you know. [aɪl lɛtʃu no]（我會通知你。）

d + y ➡ [dʒ]
- Did you see it? [dɪdʒu si ɪt]（你有看到嗎？）
- We followed your instructions. [wi ˈfalodʒɚ ɪnˈstrʌkʃənz]
（我們照著你的指示做。）
- What did your family think? [wʌt dɪdʒɚ ˈfæməlɪ θɪŋk]
（你的家人怎麼想？）

d + y ➡ [ʒ]
- How's your family? [haʊʒɚ ˈfæməlɪ]（你的家人好嗎？）
- Where's your mom? [wɛrʒɚ mɑm]（你媽媽在哪裡？）
- Who does your hair? [hu dʌʒɚ hɛr]（你的頭髮是誰做的？）

151

這些全都是我們平時最常遇到的「變音」例子。熟悉這些變化方式，不僅能讓你的發音更加自然，也有助於提升英文的聽力能力。

（2） t 的發音變化

字母 t 的發音方式相當多元，這裡特別介紹三種常見的發音變化。

① 在「n」之後消失的「t」

特別是在美式英文發音裡，字母組合 nt 中的 [t] 經常都不會發音。

> 例
> - twenty [ˋtwɛn(t)ɪ]（二十）

此外，放在字尾的字母組合 nt 中的 t，有時會和下一個單字的字首母音連結起來一起發音，這種現象稱為「連音」。在了解這些重點之後，就能夠有效提升聽英文時的理解能力，建議把下面這些經常聽到的連音記下來。

> - want it [ˋwɑnɪt]
> - doesn't it [ˋdʌzənɪt]
> - doesn't he [ˋdʌzəni]

66

152

② 發音變成介於 [d] 和 [r] 之間的 t

若字母 t 不是單字的開頭，也不是重音位置，那麼 t 會發成類似 [d] 的音，但不像一般 [d] 的發音唸得那麼重，而是會輕輕發音，唸成類似介於 [d] 和 [r] 之間的音（音標符號以 [ɾ] 標記，請配合音檔跟著唸），這種變化又稱為「t 的閃音現象」。

被母音夾在中間的 t

- **par**t**y** [ˈpɑɾɪ]（派對）
- **wa**t**er** [ˈwɑɾɚ]（水）
- **mee**t**ing** [ˈmiɾɪŋ]（會議；會面）
- **to**t**ally** [ˈtoɾəlɪ]（完全）
- **invi**t**ed** [ɪnˈvaɪɾɪd]（被邀請的）
- **beau**t**iful** [ˈbjuɾəfəl]（美麗的）
- **be**tt**er** [ˈbɛɾɚ]（更好的）
- **ci**t**y** [ˈsɪɾɪ]（城市）

被母音和 l 夾在中間的 t

- **li**tt**le** [ˈlɪɾl]（小的）
- **ba**tt**le** [ˈbæɾl]（戰役；戰鬥）
- **bo**tt**le** [ˈbɑɾl]（瓶子）
- **ke**tt**le** [ˈkɛɾl]（燒水壺）
- **tur**t**le** [ˈtɝɾl]（烏龜）

此外，若句子中的單字以 t 結尾，緊接在後的單字又以母音開頭，則 t 也會連音，並變成類似介於 [d] 和 [r] 之間的音。

153

- **get it** [ˈgɛɾɪt]（理解）
- **got it** [ˈgɑɾɪt]（懂了）
- **take it easy** [ˈtek ɪɾ ˈizɪ]（放輕鬆）
- **sort of** [ˈsɔrɾʌv]（有點；某種程度上）
- **let it go** [ˈlɛɾɪt go]（放手吧）

68

（3）發音被吃掉的 t

當字母 t 之後緊接母音字母，然後再接 n 時，這個 t 就不會發得很完整，而是會讀得很輕，甚至存在感幾乎被吃掉而不發音，聽起來就像是一個帶有明顯鼻音的 [n]。由於 t 和後面母音的發音幾乎消失，就像被吃掉一樣，因此稱為「被吃掉的 t」。

- **button** [ˈbʌ(tə)n]（按鈕）
- **mountain** [ˈmaʊ(tə)n]（山）
- **important** [ɪmˈpɔr(tə)nt]（重要的）
- **Britain** [ˈbrɪ(tə)n]（英國）
- **eaten** [ˈi(tə)n]（eat 的過去分詞）

69

　　上面介紹了一些重要的「讓英文更好懂的發音方法」。不過，其實還有很多重點沒辦法多加介紹，然而，只要特別留意這裡介紹的發音方法，就能說出更道地好懂的英文，並讓人更容易理解你說的話。

TRY IT OUT!

小试身手

TRY IT OUT!
小試身手

現在把前面學到的各種知識統整起來，一起試試自己的發音吧！這裡精選了一些必須特別注意發音的單字。

一開始先試著不看提示大聲唸出來，接著再一邊聽音檔，一邊確認自己的發音是否正確。

1. 容易被拼字誤導的發音

下面這些單字的發音容易受到拼字方式誤導，請不要被拼字迷惑，用之前所學的知識來練習正確的發音吧。

❶ stew [stju] 燉煮

stew 中的 ew，不是發成 [u] 的音，而是前面介紹過的 [ju] 音，除此之外，在 s 後面緊接著出現的 t，必須要發成 [d] 的音，不能用 [t] 來發。

> 無論是英式還是美式發音，實際都會唸成 [d] 的音。

❷ jewelry [ˋdʒuəlrɪ] 珠寶；首飾（總稱，集合名詞）

字母 j 後方出現的 ew 發成母音 [u]，後方不是重音的字母 e 的發音則弱化為 [ə]，另一個正確發音的關鍵，則是 l 和 r 的發音，在發出 [dʒu] 音之後，舌頭必須要擺在 [l] 的位置，如同前面在說明「母音後 [l]」發音時所說，即使聽起來好像沒聲音，但其實舌頭仍應完成完整發音動作，因為舌頭的動作會影響整體發音的正確性。

❸ studio [ˋstjudɪˌo]　工作室；攝影棚；錄音室

這裡字母 u 的發音是關鍵，請注意這裡的 u 不是 study [ˋstʌdɪ]（學習；研究）裡的 [ʌ]，而是像在練習 [ju] 音時學到的那樣，發音時嘴唇收攏並向前突出，最後的音結束時也同樣要收攏嘴唇。除此之外，在 s 後面緊接著出現的 t，必須要發成 [d] 的音，不能用 [t] 來發。

❹ career [kəˋrɪr]　（終身的）職業；職業生涯；經歷

請特別注意 career 這個字的重音是在第二音節，若錯把重音分割成「car・eer」則可能會錯唸成 [ˋkɑrˌɪr]，此外，因為第一音節不是重音，因此不是重音的字母 a 的發音會弱化為 [ə]，小心不要唸成 carrier [ˋkærɪɚ]（搬運者；運輸公司）。

❺ virus [ˋvaɪrəs]　病毒

請注意這裡的字母 i 不是 victory [ˋvɪktərɪ]（勝利）裡的 [ɪ]，而是發 [aɪ] 音。另一方面，因為重音在第一音節，因此屬於第二音節的字母 u，發音會從 [ʌ] 弱化為 [ə]。在發 [v] 音時，必須將上門牙輕輕抵在下唇上，阻塞氣流通過來發音，在發 [r] 音時，請注意舌頭位置不需要接觸口腔內的其他部位。

❻ elevator [ˋɛləˌvetɚ]　電梯

正確發音的關鍵就是重音，elevator 的重音在第一個字母 e，請小心不要把重音錯放在第二個 e 上。另外，字尾的 or 不是 [ɔr] 而是 [ɚ] 音，請特別留意。

❼ vitamin [ˋvaɪtəmɪn]　維他命，維生素

請注意在美式發音裡，第一個字母 i 會發 [aɪ] 音。此外，vitamin 的重音在第一音節，因此第二音節中的字母 a，發音會弱化為 [ə]，在 a 之前的 t，則會受到我們在「讓英文更好懂的發音方法」中所提及的 t 的變音方法所影響，發成類似介於 [d] 和 [r] 之間的音。

順帶一提，在英國，vitamin 唸作 [ˋvɪtəmɪn]。

❽ almond [ˋɑmənd] 杏仁

almond 這個字的發音關鍵，在於重音是第一個母音 a，且正如我們前面學到的，根據母語人士對於 [l] 的發音習慣，在某些情況下字母組合「al」中的 l 是不發音的。記住這個重點，對於正確發音相當有幫助。

❾ sweater [ˋswɛtɚ] 毛衣

字母組合 ea 在這裡不發長音的 [i]，而是短音 [ɛ]。此外，就像在「讓英文更好懂的發音方法」裡所提到的，字母 t 的發音在變音現象的影響下，有時會發成類似介於 [d] 和 [r] 之間的音。

「毛衣」在英國的說法是 jumper。

❿ alcohol [ˋælkəˌhɔl] 酒精；含酒精飲料

要正確唸對 alcohol 這個字，關鍵在於要知道重音是在第一個母音 a 的位置，因為是重音，這裡的 a 要唸成特別凸顯的 [æ]，千萬不能弱化成 [ə] 音。另一方面，字母 l 和 h 的發音方式也相當重要，其中字母 h 的音一定要發出明顯氣音，不能模糊省略。結尾的 l 音，即使聽起來好像沒發音，但其實舌頭仍應擺在 [l] 的位置，發音動作完整才會有正確的發音。

⓫ vaccine [ˋvæksin] 疫苗

vaccine 的發音關鍵在於正確劃分音節成「vac・cine」，並確認重音在第一音節。身為重音的 vac，發音會是 [ˋvæk] 而不是 [vək]，請記得在發 [v] 音時，必須將上門牙輕輕抵在下唇上，阻塞氣流通過來發音，但也要注意不要太過緊咬，避免造成發音困難。第二音節開頭的字母 c 會受到後面緊接的字母 i 影響，發成 [s] 的音，請特別注意。

⑫ cashier [kæˋʃɪr] 收銀員

cashier 的重音位置非常出乎意料，不是像 cash [kæʃ]（現金）一樣的第一音節，而是強調第二音節的 shier。除此之外，非重音的 ca 中的字母 a 沒有弱化成 [ə] 音，仍然發成 [kæ]。在發字母組合 sh 的音時，要像我們前面練習過的那樣，用發出注音「ㄒ」似的嘴型來發 [ʃ]。

> 順道一提，「收銀機」的英文是 cash register 或 checkout counter。

⑬ allergy [ˋælə˞dʒɪ] 過敏

一眼看到 allergy 這個字，可能會以為重音要放在第二音節，發成 [əˋlə˞dʒɪ]，但正確的重音是在第一音節，因此沒有弱化的母音 a 發成 [æ]，後方的 ll 和 er 的音則互相結合成 [lə˞]。特別要留意這裡字母 g 的發音受到後方的 y 影響，要發成 [dʒ]。

⑭ genre [ˋʒɑnrə] （藝術類作品的）類型

genre 這個字原本是法文，因此絕對不能單純透過拼字來決定發音方式。正確發音的關鍵在於字母 g 和 r 的音，這裡的 g 不是 [g] 或字母組合 ge 所發的 [dʒ]，而是要發 [ʒ] 音。原本字尾的字母組合 re 多半會發成 [ə˞] 的音，但這裡必須發成母音前的 [r] 音，舌頭接觸上排門牙後方牙齦處，聽起來類似注音的「ㄖ」音。

⑮ leisure [ˋliʒə˞] 閒暇；空閒的

leisure 的發音關鍵在於 lei 的部分，這裡的 ei 發長音的 [i]，不要受拼字影響發成 [e]，另外，字母 l 在發音時一定要將舌頭抵住上排門牙後方牙齦處，發音動作完整才能發出清楚的 [l] 音。

⑯ energy [ˋɛnə˞dʒɪ] 活力；能量

這裡的字母 g，不是發成 [g]，而是前面學到的 [dʒ]，請記得字母 g 的後面如果緊接 y，構成的字母組合 gy 就會發成 [dʒɪ] 音。另外，因為重音在第一個音節，中間的 er 會發成比較不強烈的 [ə˞]。請特別注意在讀重音音節時，必須要讀得比其他音節更高亢、強烈、拉長或清楚，凸顯出重音位置。

⑰ label [ˈlebl̩] 標籤；商標；標記

label 的發音重點在字母 a 和字尾的 l 音。正如同「讓英文更好懂的發音方法」中所提到的，這裡的 a 會發成 [e] 音，請將 [e] 與後面的 [b] 連接起來，清楚明確地發音。

⑱ theme [θim] 主題；題材

發音關鍵在於開頭的 th 和字尾的 e，單從拼字上來看，可能會想把 th 發成 [ð]，不過這裡應該是無聲子音的 [θ]。字尾的 e 不發音，但卻會影響前一個字母 e，讓發音變成長音的 [i]。

⑲ marathon [ˈmærəˌθɑn] 長距離比賽；馬拉松

marathon 的音節劃分為「mara・thon」，因為重音在第一音節，所以第一個母音 a 會發 [æ] 音，第二個 a 則是會弱化成 [ə] 音。另外，在發 th 的無聲 [θ] 音時，應該要將舌頭輕抵在上排門牙處，輕輕吐氣發出氣聲，請小心不要發成 [s] 的音。

> 順道一提，marathon 通常是指有固定距離的馬拉松長跑競賽。

⑳ event [ɪˈvɛnt] 活動；事件

在看到 event 這個字時，可能會以為重音位置是在第一音節，進而錯把第一個字母 e 唸成 [ɛ]，又或者是受到 even [ˈivən]（甚至；平坦的）影響，以為是發長音的 [i]。請注意 event 的重音是在後面的字母 e，不是重音的第一個字母 e，因此不需要拉長來強調，而是發成短音 [ɪ]。

㉑ brand [brænd] 品牌；商標

brand 的發音要正確，重點在於字母 a 的音，請小心不要受到重音和字母 r 及 n 的影響，錯唸成長音的 [e]。

㉒ basil [ˋbæzɪl] 羅勒

basil 原本是個來自希臘語的字,所以在發音時不能完全仰賴拼字。請特別注意字母 a 和 s 的發音,在發字母 a 時要清楚發出類似介於注音「ㄚ」和「ㄟ」之間的 [æ] 音,字母 s 則發成 [z] 音。

㉓ business [ˋbɪznɪs] 生意,交易;商業

小心不要因為 bus [bʌs](公車;巴士)這個字,而誤將字母 u 發成 [ʌ],另外,business 字中的字母 s 的發音是 [z],而字尾的字母組合 ss 單發一個 [s] 音。還要注意的是 business 中間的字母 i 不發音,請小心別多發了 [ɪ] 的音。

㉔ profile [ˋprofaɪl] 人物簡介;概況

字母組合 pro 開頭的單字很多,請注意不要因此錯發成 [prɑ]。字母 i 在這裡受到字尾 e 的影響,改發成 [aɪ] 音。字母 l 則須按照先前練習的發音方法,將舌頭抵住上排門牙後方牙齦處,做出完整發音動作來發音。注意這裡字母 o 和 i 的發音方式,與其字母本身的讀音相同。

㉕ salad [ˋsæləd] 沙拉

雖然 salad 的中文是直接音譯,但我們在說英文的時候可別直接唸成「沙拉」。正確發音的關鍵在於重音節裡字母 a 的音,要發成類似介於注音「ㄚ」和「ㄟ」之間的 [æ] 音,另一方面,後面的字母 a 因為不是重音,發音會弱化為 [ə] 音。

㉖ damage [ˋdæmɪdʒ] 損害;損失;損傷

damage 的重音位置在第一個字母 a,要發成類似介於注音「ㄚ」和「ㄟ」之間的 [æ] 音。特別要注意的是,第二個字母 a 原本應該會受到字尾 e 的影響,變音成長母音 [e],但為了凸顯重音,這裡會改成發短音的 [ɪ]。

㉗ calendar [ˋkæləndɚ] 日曆；行事曆

calendar 的發音關鍵在於確定音節劃分為「ca・len・dar」，一旦確定便不會受拼字影響，而能正確找到重音位置在第一個字母 a，發成 [æ] 音，第二音節的字母 l 出現在母音之前，因此會唸成將舌尖接觸上排牙齒後側、類似注音「ㄌ」的 [l]。字母組合 ar 放在字尾，且不是重音位置，因此會發成較弱的 [ɚ] 而非 [ɑr]。

㉘ pouch [paʊtʃ] 囊袋；提袋

這裡的 ou 要發成 [aʊ] 音，但發音的時候必須將 [aʊ] 音拉得長一點，做出重音效果，而且嘴型也要誇張明顯一點，才能發出準確的音。

㉙ recipe [ˋrɛsəpɪ] 食譜；方法

re 開頭的字很多，請小心不要被拼字誤導唸成了 [rɪ]，另一方面，由於重音位置在第一個母音 e，所以會發成 [ɛ]，而後面非重音的字母 i 則會弱化為 [ə] 音，請注意不要一看到字母組合 ci 就直接發成 [sɪ] 的音。

㉚ laundry [ˋlɔndrɪ] 洗衣店；送洗的衣服

laundry 裡的字母組合 au，不發成 [aʊ] 的音，而是發成 [ɔ] 音。另外，當字母 d 後方緊接字母 r 時，儘管音標符號仍以 [dr] 表示，但實際唸起來會更接近 [d(ʒ)r] 的音。

2. 必須掌握的難發音單字

下面這些單字看上去雖然簡單，但卻容易因為字母的排列組合，導致讀起來有卡頓感或是發音不夠精確。掌握這些單字後，不僅能提升你說英文的自信心，也能讓你說得更加輕鬆。

71

---

❶ really [ˋrɪəlɪ] 實際上；非常

字母組合 ea 在這裡不發長音的 [i]，而是要拆開分別發成 [ɪ] 和 [ə]，這裡的 [ə] 是字母 a 弱化後的結果，口語上一般不會完整發出 [ə] 音，只會稍作停頓便立刻接續後方的 [lɪ]。

---

❷ think [θɪŋk] 思考；認為，以為

這裡的 th 發氣音的 [θ]，必須確實做出 [θ] 的發音動作，千萬不可發成 [s] 的音，否則將與另一單字 sink（沉沒；水槽）混淆。此外，字母 n 在這裡的發音位置在喉嚨深處，發出的聲音會類似注音「ㄥ」，發的是 [ŋ] 而不是 [n]，請特別注意。

---

❸ everybody [ˋɛvrɪˌbɑdɪ] 每個人

請注意第二個字母 e 不發音，[v] 與 [r] 必須連續發音，請小心不要唸成 [ˋɛvərɪˌbɑdɪ]。

> 英文裡拼字帶有 every 的單字很多，例如 everyone、everyday 等等，正確讀法都是 [ˋɛvrɪ] 開頭才對。

163

④ possible [ˋpɑsəbḷ] 可能的

字母組合 ss 的發音仍然是 [s]，請小心不要受到後方母音弱化的 [ə] 影響，錯發成 [ʃ]。另外，字母 o 在這裡發 [ɑ] 的音，請將嘴巴張大、做出完整嘴型，嘴型不完整會使發出的音更接近 [ɔ] 而非 [ɑ]。

⑤ probably [ˋprɑbəblɪ] 大概，很可能

probably 後半的字母組合 bably 常會讓人覺得舌頭打結。練習發音時可以將這個字拆分成 pro[prɑ]、ba[bə]、bly[blɪ] 來分段練習，最後再流暢的銜接發音，請小心不要把 bly[blɪ] 錯唸成 [bəlɪ]。順帶一提，母語人士在口語上其實經常會簡化 probably 的發音為 [ˋprɑblɪ] 或 [ˋprɑlɪ]，兩種簡化方式都非常普遍。

⑥ width [wɪdθ] 寬度；寬闊

部分母語人士會把這個字唸成 [wɪtθ]，不過一般還是唸成 [wɪdθ] 為主。這個字的發音重點在於 [d] 的音，在唸 [θ] 的音之前，舌頭必須移動到發 [d] 音時的位置，也就是舌尖要放在上排門牙的根部，接著不吐氣直接快速接續發 [θ] 的音。若舌頭沒有移動到發 [d] 音時的位置，則容易讓人誤解你想說的是 with[wɪð]。

⑦ length [lɛŋθ] 長度；（時間的）長短

length 的發音重點在於字母 g 和字母組合 th 的發音。這裡的字母 g 和前面的字母 n 組成了字母組合 ng，發 [ŋ] 而非 [g] 音，請小心不要唸成 [lɛngθ]。字母組合 th 的發音方式請見 p.117，發音時舌頭一定要輕觸上排門牙並吐氣。

「長的」是 long，但是「長度」是 length。真的是個必須注意發音的單字呢。

⑧ squirrel [ˋskwɝəl] 松鼠

很多人會覺得 squirrel 這個字唸起有舌頭打結的感覺，且發音總是會糊成一團。想要正確唸對，重點在於要清楚發出字母組合 qu 的 [kw] 音，並快速與後方做為重音的 irr[ɝ] 接續發音。訣竅是要在維持 [w] 嘴型的同時，舌尖輕輕往喉嚨方向收回，發出 [ɝ] 音。後方非重音的字母 e 會弱化為 [ə]，並與字尾母音後的 [l] 音一起發音。

> 無論是在美國還是歐洲，都經常能看到松鼠。掌握正確發音，看到松鼠時，就勇敢地說出 squirrel 吧！

⑨ relative [ˋrɛlətɪv] 相對的；親戚

受到如 relate（涉及；使有聯繫）、relation（關聯；關係）等相關單字所影響，一不小心就會唸成 [rɪˋlɛtɪv]。請注意 relative 的重音在第一音節，因此第一個字母 e 不會弱化成 [ɪ]，而是發重音的 [ɛ]（p.79），非重音音節的字母 a 則弱化為 [ə]。最後的 ve 中的字尾 e 不發音，請注意不要發成 [və]，只要輕咬下唇吐氣即可。

⑩ thirtieth [ˋθɝtɪɪθ] 第三十的；第三十個的

中文裡沒有的 [θ] 在這個字裡出現了兩次，練習時請注意不要咬住舌頭，而是要讓氣流從間隙中通過來發音。另外，thirtieth 中不在重音節的字母 e 會弱化成 [ɪ]，可以將這個單字分成 thirti[ˋθɝtɪ] 及 eth[ɪθ] 兩段來練習。

⑪ obvious [ˋɑbvɪəs] 明顯的；顯著的

字母 o 在這裡發 [ɑ] 而非 [ɔ]（p.85）。因為要連續發出字母 b 和 v 的音，所以在發 [b] 時，只要輕閉雙唇就可以快速放開，緊接著發 [v] 的音，儘管 [b] 音不明顯，但一定要做出正確的嘴型後再發 [v]。可以將這個字分成 ob 和 vious 兩段來練習。

165

3. 找不到發音規則的單字

英文是一種充滿例外的語言。現在我們已經學過了各種拼字與發音的基本規則，但英文裡仍舊存在著一些例外的發音方式。

接下來，我們將在這裡介紹幾個值得記住的單字。

❶ warm [wɔrm] 溫暖的；保暖的

這裡的 ar 不能發成 [ɑr]，也不能發成和 worm（蠕蟲）一樣的 [wɝm]，而是要發成字母組合 or 的 [ɔr]，唸作 [wɔrm]。warm 在生活中經常用到，也會和其他單字搭配使用，如 leg warmers（暖腿套）、warm-up（熱身）等，都會用到這個字。

❷ choir [kwaɪr] 合唱團；唱詩班

一眼看上去會以為 oi 發 [ɔɪ] 的音，不過這裡出乎意料的是發 [aɪ] 的音。另一個表示「合唱團」的單字是 chorus，發音是 [`kɔrəs]，小心別唸成 [tʃɔrs]，不然就變成另一個字 chores（雜務）了。

❸ aisle [aɪl] 走道，通道

小心不要錯唸成 [esl]，這裡的 ai 不發 [e] 的音，字母 s 甚至不發音，因此要唸成 [aɪl]，就和 I'll 的發音一樣。

❹ clothes [kloz] 衣服；服裝

有些人會把 clothes 裡的字母組合 th 唸成 [ð]、es 唸成 [ɪz]，整個字錯唸成 [kloðɪz]。但其實 clothes 中的 th 不發音，且字尾 es 發的是 [z] 的音，正確唸起來會與 close（關閉）的發音相同。單數形 cloth（衣服；布料）的發音則是 [klɔθ]。

❺ colleague [kɑˋlig] 同事

字母 o 不發 [ɔ]，而是嘴巴大張的 [ɑ]，另外，一般看到字尾的 gue，可能會下意識想唸成 [gju]，但這裡只發 [g] 的音。練習時可以將單字拆成 co 和 lleague 兩段來唸。

> 順道一提，「資深」和「資淺」的英文分別是 senior 和 junior 哦。

❻ sword [sord] 劍，刀

許多人會因為 sword 裡出現的 w 和 or 而誤讀成 [swɔrd]，然而正確的發音是字母 w 不發音、字母組合 or 發成 [or]，在讀這個字的時候請特別注意嘴型是否正確。

❼ receipt [rɪˋsit] 收據；收到

這是一個容易被拼字迷惑的單字。receipt 中的字母 p 不發音，一定要小心。

4. 聽起來容易混淆的單字

下面是一些乍聽之下很容易搞混的單字,請將這些單字的發音差異及個別字義一起記住吧。

❶ right ↔ light [raɪt] ↔ [laɪt]
右邊的;　　　光
正確的

❷ rice ↔ lice [raɪs] ↔ [laɪs]
米　　　蝨子

❸ row ↔ low [ro] ↔ [lo]
划槳　　低的

❹ pray ↔ play [pre] ↔ [ple]
祈禱　　玩耍

❺ bloom ↔ broom [blum] ↔ [brum]
開花　　　　掃帚

❻ hat ↔ hot [hæt] ↔ [hɑt]
帽子　　熱的

❼ thin ↔ thing [θɪn] ↔ [θɪŋ]
薄的　　東西

❽ very ↔ berry [ˋvɛrɪ] ↔ [ˋbɛrɪ]
非常　　莓果

⑨ collect ↔ correct　　[kə`lɛkt] ↔ [kə`rɛkt]
收集　　　修正

⑩ worm ↔ warm　　[wɝm] ↔ [wɔrm]
蠕蟲　　　溫暖的

> 我也曾錯把 worm 和 warm 搞混了。小心不要讓蟲出現在杯子裡啊。

⑪ hurt ↔ heart　　[hɝt] ↔ [hɑrt]
傷害　　　心

⑫ ball ↔ bowl　　[bɔl] ↔ [bol]
球　　　　碗

⑬ mud ↔ mad　　[mʌd] ↔ [mæd]
泥巴　　　生氣的

⑭ cat ↔ cut　　[kæt] ↔ [kʌt]
貓　　　　切割

⑮ hold ↔ fold　　[hold] ↔ [fold]
握住　　　折疊

169

發音一覽表　子音與母音

為方便掌握英文發音的整體概念,這裡將子音與母音整理如下。

不同字典所使用的音標符號可能略有不同,尤其是母音的符號會因地區不同而改變,因此這裡亦提供除 KK 音標外,其他可能會出現在字典中的音標符號。希望各位能因此更直接體會及理解母音發音的多樣性。請在練習發音時多加利用這張一覽表。

(為加深印象及提升提示效果,以下部分提示使用注音符號,僅供參考。請務必以正確發音方式練習道地的英文發音。)

		字母	音標符號	範例	發音提示
子音	1	b	[b]	book, big	與注音「ㄅ」相似的有聲音
	2	p	[p]	problem	與注音「ㄆ」相似的氣音
	3	c, k, ck	[k]	coach, kick	與注音「ㄎ」相似的氣音
	4	g	[g]	again, give	與注音「ㄍ」相似的有聲音
	5	t	[t]	certified, ten	與注音「ㄊ」相似的氣音
	6	d	[d]	dog, down	與注音「ㄉ」相似的有聲音
	7	s, sc	[s]	sea, scene	與注音「ㄙ」相似的氣音
	8	z	[z]	zenith, zoo	從牙齒縫隙中吐氣的有聲版 [s] 音
	9	f, ph	[f]	forward, photo	從門牙縫隙中吐氣、與注音「ㄈ」相似的氣音
	10	v	[v]	value, seven	門牙抵住下唇後吐氣的有聲版 [f] 音
	11	m, mb	[m]	mom, climb	母音前:與注音「ㄇ」相似的有聲音、母音後:嘴唇緊閉發出鼻音
	12	n	[n]	no, next	母音前:與注音「ㄋ」相似的有聲音、母音後:嘴唇微張發出鼻音
	13	l	[l]	like, cool	母音前:與注音「ㄌ」相似的有聲音、母音後:與輕聲的注音「ㄦ」相似的音
	14	r	[r]	red, door	母音前:與注音「ㄖ」相似的有聲音、母音後:與注音「ㄦ」近似的音
	15	h	[h]	hundred, hit	用力吐氣,與注音「ㄏ」相似的氣音
	16	w	[w]	we	類似輕聲「ㄨㄛ」般短促的音
	17	y	[j]	young, yes	類似輕聲「一ㄝ」般短促的音
	18	ch	[tʃ]	rich, chair	與注音「ㄑ」相似的氣音
	19	j	[dʒ]	rejoice, job	與注音「ㄐ」相似的有聲音
	20	sh	[ʃ]	fish, she	與注音「ㄒ」相似的氣音

	字母	音標符號	範例	發音提示
21	s	[ʒ]	usual, vision	振動聲帶發出聲音的有聲版 [ʃ]
22	th	[θ]	thin, math	注意舌尖位置。舌尖抵在上排門牙處吐氣，不振動聲帶，聽起來與 [s] 音有點像
23	th	[ð]	that, mother	注意舌尖位置。振動聲帶的有聲版 [θ]，聽起來與母音前的 [l] 音有點像
24	ng	[ŋ]	king, spring	與注音「ㄥ」相似的鼻音
25	a	[æ]	ant, ask	類似介於注音「ㄟ」和「ㄚ」之間的音
26	e	[ɛ(ə)] 他 [e]	egg	近似注音「ㄝ」的短促音
27	i	[ɪ] 他 [i]	indeed, it	近似注音「一」的短音
28	o	[ɑ] 他 [ɒ] [ɔ]	box, hot	嘴巴張大，接近注音「ㄚ」的音
29	u, ou	[ʌ]	bus, young	尾音下墜、近似注音「ㄜ」的音
30	ai, a	[e] 他 [eɪ]	rain, cake	字母 A 本身的讀音
31	ee, ea	[i] 他 [i:]	keep, eat	字母 E 本身的讀音
32	ie, i	[aɪ] 他 [ai] [ɑi] [ɑɪ]	pie, bite	字母 I 本身的讀音
33	oa, ow	[o] 他 [oʊ] [əu] [əʊ]	boat, snow	字母 O 本身的讀音
34	ue, ew	[ju] 他 [ju:]	value, news	字母 U 本身的讀音
35	oo, u	[ʊ] 他 [u]	good, push	近似注音「ㄨ」的短音
36	oo	[u] 他 [u:]	smooth, moon	近似注音「ㄨ」的長音
37	aw, au	[ɔ] 他 [ɔ:] [ɒ] [ɑ:]	awesome, August	近似注音「ㄛ」的短促音
38	oi, oy	[ɔɪ] 他 [ɔi]	oil, joy	將 [ɔ] 和 [ɪ] 連在一起唸
39	ar	[ɑr(ɚ)] 他 [ɑ:r] [ɑ:r] [ɑɚ]	art, star	將 [ɑ] 與 [r] 連在一起唸
40	er	[ɚ] 他 [ər] [ər]	leader, finger	將 [ə] 和 [r] 連在一起唸
41	ou, ow	[aʊ] 他 [aʊ] [aʊ] [au]	outlook, now	從 [ɑ] 漸變成 [ʊ] 的音
42	or	[ɔr] 他 [ɔ:r] [ɔ:r]	order, store	將 [ɔ] 及 [r] 連在一起唸
43	中央母音	[ə]	about, today	放鬆發出類似注音「ㄜ」的短音

發音一覽表 字母順序

為加深各位對英文發音的理解，以下按照字母順序整理了發音一覽表。當遇到不認識的發音時，就可以將這張表格當成索引使用。

（為加深印象及提升提示效果，以下部分提示使用注音符號，僅供參考。請務必以正確發音方式練習道地的英文發音。）

	字母	音標符號	範例	發音提示
1	a	[æ]	ant, ask	類似介於注音「ㄟ」和「ㄚ」之間的音
2	ai, a	[e] 他 [eɪ]	rain, cake	字母 A 本身的讀音
3	ar	[ɑr(ɚ)] 他 [ɑːr] [ɑːr] [ɑɚ]	art, star	將 [ɑ] 與 [r] 連在一起唸
4	aw, au	[ɔ] 他 [ɔː] [ɒ] [ɑː]	awesome, August	近似注音「ㄛ」的短促音
5	b	[b]	book, big	與注音「ㄅ」相似的有聲音
6	c, ck	[k]	coach, kick	與注音「ㄎ」相似的氣音
7	ch	[tʃ]	rich, chair	與注音「ㄑ」相似的氣音
8	d	[d]	dog, down	與注音「ㄉ」相似的有聲音
9	e	[ɛ(ə)] 他 [e]	egg	近似注音「ㄝ」的短促音
10	ee, ea	[i] 他 [iː]	keep, eat	字母 E 本身的讀音
11	er	[ɚ] 他 [ɚr] [ər]	leader, finger	將 [ə] 和 [r] 連在一起唸
12	f, ph	[f]	forward, photo	從門牙縫隙中吐氣，與注音「ㄈ」相似的氣音
13	g	[g]	again, give	與注音「ㄍ」相似的有聲音
14	h	[h]	hundred, hit	用力吐氣，與注音「ㄏ」相似的氣音
15	i	[ɪ] 他 [i]	indeed, it	近似注音「ㄧ」的短音
16	ie, I	[aɪ] 他 [aɪ] [ɑɪ] [ɑɪ]	pie, bite	字母 I 本身的讀音
17	j	[dʒ]	rejoice, job	與注音「ㄐ」相似的有聲音
18	k	[k]	key	與注音「ㄎ」相似的氣音
19	l	[l]	like, cool	母音前：與注音「ㄌ」相似的有聲音 母音後：與輕聲的注音「ㄦ」相似的音
20	m, mb	[m]	mom, climb	母音前：與注音「ㄇ」相似的有聲音 母音後：嘴唇緊閉發出鼻音
21	n	[n]	no, next	母音前：與注音「ㄋ」相似的有聲音 母音後：嘴唇微張發出鼻音
22	ng	[ŋ]	king, spring	與注音「ㄥ」相似的鼻音

	字母	音標符號	範例	發音提示
23	o	[ɑ] 他 [ɒ] [ɔ]	box, hot	嘴巴張大，接近注音「ㄚ」的音
24	oa, ow	[o] 他 [oʊ] [əʊ] [əu]	boat, snow	字母 O 本身的讀音
25	oo, u	[ʊ] 他 [u]	outlook, push	近似注音「ㄨ」的短音
26	oo	[u] 他 [uː]	smooth, moon	近似注音「ㄨ」的長音
27	oi, oy	[ɔɪ] 他 [ɔi]	oil, joy	將 [ɔ] 和 [ɪ] 連在一起唸
28	ou, ow	[aʊ] 他 [aʊ] [ɑʊ] [au]	outlook, now	從 [a] 漸變成 [ʊ] 的音
29	or	[ɔr] 他 [ɔːr] [ɔː]	order, store	將 [ɔ] 及 [r] 連在一起唸
30	p	[p]	problem	與注音「ㄆ」相似的氣音
31	qu	[kw]	queen	從 [k] 變換到 [w] 的音
32	r	[r]	red, door	母音前：與注音「ㄖ」相似的有聲音 母音後：與注音「ㄦ」近似的音
33	s, sc	[s]	sea, scene	與注音「ㄙ」相似的氣音
34	s	[ʒ]	usual, vision	振動聲帶發出聲音的有聲版 [ʃ]
35	sh	[ʃ]	fish, she	與注音「ㄒ」相似的氣音
36	t	[t]	certified, ten	與注音「ㄊ」相似的氣音
37	th	[θ]	thin, math	注意舌尖位置。舌尖抵在上排門牙處吐氣，不振動聲帶，聽起來與 [s] 音有點像
38	th	[ð]	that, mother	注意舌尖位置。振動聲帶的有聲版 [θ]，聽起來與母音前的 [l] 音有點像
39	u, ou	[ʌ]	bus, young	尾音下墜、近似注音「ㄜ」的音
40	ue, ew	[ju] 他 [juː]	value, news	字母 U 本身的讀音
41	v	[v]	value, seven	門牙抵住下唇後吐氣的有聲版 [f] 音
42	w	[w]	we	類似輕聲「ㄨㄛ」般短促的音
43	x	[ks]	box	將 [k] 和 [s] 連在一起唸的音
44	y	[j]	young, yes	類似輕聲「ㄧㄝ」般短促的音
45	z	[z]	zenith, zoo	從牙齒縫隙中吐氣的有聲版 [s] 音
46	中央母音	[ə]	about, today	放鬆發出類似注音「ㄜ」的短音

後記

親愛的讀者,感謝你選擇使用這本書與我們一起學習。

我最開始學英文是在一所普通的公立國中,當時的發音也是自己一步一步摸索學會的。然而,我對英文的熱愛正是從「發音」開始的。現在,我做為兼職講師和線上英文課程的教師,我的學生來自各個年齡階層。在教學過程中,最受歡迎的一直都是發音課程。

會起心動念想要編寫這本書,是因為一位覺得學英文很困難的學生。這名學生在成功掌握發音之後,生活也起了很大的改變。我曾不只一次聽見某些英文老師會對學生說:「發音不好就不要來上我的課。」我在此想要告訴大家:「英文發音不好並不是你的錯,只是因為你還沒掌握正確的發音方法。」我懷著讓所有人都能「擺脫發音自卑感」的心願,寫出了這本書。

英文這個語言具有改變人生的可能。

我認為,英文非常難得地公平給予了所有人改變人生的機會。我自己就是個念書和運動都不擅長、沒有特別突出的孩子,然而因為英文,我心中那些束縛著我的枷鎖逐漸消失,讓我無論是行動範圍、資訊來源還是遇見的人都愈加廣博,我的人生也因此而改變。為了回報學習英文帶給我的改變,我決定成為一名英文教師。

而發音就是一切的起點。

發音就像運動一樣,必須不斷練習才能熟練。勇敢大聲說出口吧!我最大的心願就是你能因為這本書,建立起對發音的自信,並體會到「英文原來這麼有趣!」的感覺。

最後，藉此機會，我想向你致上最深的感謝。

這本書能夠誕生，受惠於給我靈感、並在兩年來從策劃到出版全程指導我的長倉顯太先生，以及總是以實際行動支持我、勉勵我「燃燒妳的全部」的原田翔太先生。

感謝 Gakken 的杉浦博道先生，協助我讓這本書順利出版，還有充滿關懷、扮演總策劃角色並全力支持我的立石惠美子女士。感謝才華橫溢的 chichols 的兩位設計師，還有提供精美插圖的上路ナオ子女士，以及所有出色的配音老師們及參與製作的所有人。

特別感謝國際語言學家溝江達英教授，你溫暖的支持深深觸動了我的心；以及致力於英語維新的小熊彌生女士。

感謝每天帶給我歡笑並成為我精神支柱的朋友們：龍香、牧隆弘、佐伯榮子、木田真由美、武智さやか。

還有給予我在單字選擇等方面協助的英文教師們，包括田丸まゆ女士、鈴木まさえ女士、あべあきこ女士、吉村香奈女士、高原なおみ女士、ミラーあやの女士，以及 Hanako Niwa 女士在內的「えりこ塾」的各位，深表感謝。

我也想向我的家人——丈夫、孩子們、父親、母親和妹妹一家人——致上深深的謝意。尤其是這兩年來，若沒有母親的支持，我的生活無以為繼，感謝她給予的無盡幫助。

最後，我想向每天支持我的所有人，表達我由衷的感激！終於能夠完成這本書，真的無比感謝！

願更多人的發音自卑感能因這本書而消失，讓越來越多人能夠透過英文開啟充滿樂趣的未來！

2023 年 7 月 7 日　頼野えりこ

台灣廣廈 國際出版集團

國家圖書館出版品預行編目（CIP）資料

1本就通!15個字搞定英文發音/賴野えりこ著；李友彥(Cooper Lee)譯. -- 初版. -- 新北市：語研學院出版社, 2025.03
　面；　公分
ISBN 978-626-99160-1-6（平裝）
1.CST: 英語 2.CST: 發音

805.141　　　　　　　　　　　　　　114000466

國際學村

1本就通！15個字搞定英文發音
大家的自然發音書！從小學生到銀髮族，不用複雜規則就能正確發音、說出標準英語！

作　　　　者／賴野えりこ	編輯中心編輯長／伍峻宏・編輯／徐淳輔
譯　　　　者／李友彥（Cooper Lee）	封面設計／陳沛涓・內頁排版／菩薩蠻數位文化有限公司
	製版・印刷・裝訂／東豪・紘億・秉成

行企研發中心總監／陳冠蒨　　　　　　線上學習中心總監／陳冠蒨
媒體公關組／陳柔彣　　　　　　　　　企製開發組／張哲剛
綜合業務組／何欣穎

發　行　人／江媛珍
法律顧問／第一國際法律事務所 余淑杏律師・北辰著作權事務所 蕭雄淋律師
出　　　版／語研學院
發　　　行／台灣廣廈有聲圖書有限公司
　　　　　　地址：新北市235中和區中山路二段359巷7號2樓
　　　　　　電話：（886）2-2225-5777・傳真：（886）2-2225-8052
讀者服務信箱／cs@booknews.com.tw

代理印務・全球總經銷／知遠文化事業有限公司
　　　　　　地址：新北市222深坑區北深路三段155巷25號5樓
　　　　　　電話：（886）2-2664-8800・傳真：（886）2-2664-8801
郵政劃撥／劃撥帳號：18836722
　　　　　　劃撥戶名：知遠文化事業有限公司（※單次購書金額未達1000元，請另付70元郵資。）

■出版日期：2025年03月　　　ISBN：978-626-99160-1-6
　　　　　　　　　　　　　　版權所有，未經同意不得重製、轉載、翻印。

Eigo no Hatsuon ha Kono 15go Dake de Minitsukimasu!
ⓒ Eriko Yorino
First published in Japan 2023 by Gakken Inc., Tokyo
Traditional Chinese translation rights arranged with Gakken Inc.
through jia-xi books co., ltd